# UM MISTÉRIO DA
# RAINHA DO CRIME

Publicado originalmente em 1944

· TRADUÇÃO DE ·
**Marcel Novaes**

Rio de Janeiro, 2024

Copyright © 1944 Agatha Christie Limited. All rights reserved.
Copyright de tradução © 2023 Casa dos Livros Editora LTDA. Todos os direitos reservados.
Título original: *Towards Zero*

THE AC MONOGRAM and AGATHA CHRISTIE are registered trademarks of Agatha Christie Limited in the UK and/or elsewhere. All rights reserved.

Todos os direitos desta publicação são reservados à Casa dos Livros Editora LTDA. Nenhuma parte desta obra pode ser apropriada e estocada em sistema de banco de dados ou processo similar, em qualquer forma ou meio, seja eletrônico, de fotocópia, gravação etc., sem a permissão do detentor do copyright.

Publisher: *Samuel Coto*

Editora executiva: *Alice Mello*

Editora: *Lara Berruezo*

Editoras assistentes: *Anna Clara Gonçalves e Camila Carneiro*

Assistência editorial: *Yasmin Montebello*

Copidesque: *Julia Vianna*

Revisão: *Cindy Leopoldo e Rachel Rimas*

Design gráfico de capa e miolo: *Túlio Cerquize*

Diagramação: *Abreu's System*

---

Dados Internacionais de Catalogação na Publicação (CIP)
(Câmara Brasileira do Livro, SP, Brasil)

Christie, Agatha, 1890-1976
  Hora zero / Agatha Christie ; tradução Marcel Novaes. – 1. ed. –
Rio de Janeiro: Harper Collins Brasil, 2023.

  Tradução original: Towards zero
  ISBN 978-65-6005-054-9

  1. Ficção inglesa I. Título.

23-158636                                                    CDD: 823

Eliane de Freitas Leite – Bibliotecária – CRB-8/8415

---

Os pontos de vista desta obra são de responsabilidade de seu autor, não refletindo necessariamente a posição da HarperCollins Brasil, da HarperCollins Publishers ou de sua equipe editorial.

HarperCollins Brasil é uma marca licenciada à Casa dos Livros Editora LTDA.
Todos os direitos reservados à Casa dos Livros Editora LTDA.
Rua da Quitanda, 86, sala 601A – Centro
Rio de Janeiro, RJ – CEP 20091-005
Tel.: (21) 3175-1030
www.harpercollins.com.br

Para Robert Graves.

Querido Robert,
Já que você é gentil o suficiente para dizer que gosta das minhas histórias, eu me aventuro a dedicar esta a você. Tudo o que peço é que você mantenha rigorosamente suas críticas (sem dúvidas afiadas pelos seus excessos recentes naquela linha!) enquanto ler.

Esta é uma história para lhe agradar e *não* para a repreensão do Sr. Graves!

Sua amiga,
Agatha Christie.

# *Sumário*

| | |
|---|---:|
| Prólogo | 11 |
| "Abre-se a porta e eis as pessoas" | 16 |
| Branca de Neve e Rosa Vermelha | 60 |
| Um toque delicado | 124 |
| Hora zero | 200 |

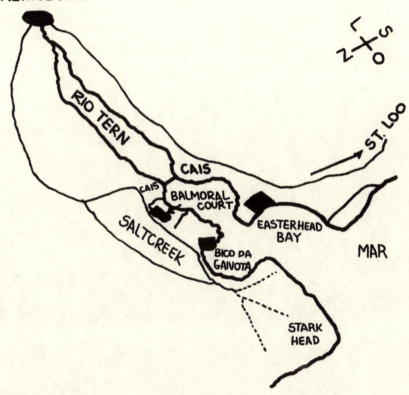

# *Prólogo*

*19 de novembro*

O grupo em torno da lareira era quase todo composto de advogados ou pessoas com algum interesse pela lei. Estavam ali Martindale, advogado; Lorde Rufus, conselheiro real; o jovem Daniels, que ficara renomado depois do caso Carstairs; um punhado de outros juristas; além de Mr. Justice Cleaver; Mr. Lewis, do escritório Lewis & Trench; e do velho Mr. Treves. Este já se aproximava dos maduros e experientes 80 anos. Era membro de um famoso escritório de advocacia; aliás, o membro mais famoso daquele escritório. Firmara acordos em inúmeros casos delicados sem necessidade de litígio, era especialista em criminologia, e diziam saber mais sobre os bastidores da história do que qualquer outra pessoa na Inglaterra.

Alguns desavisados afirmavam que Mr. Treves deveria escrever suas memórias, mas ele não era inocente a esse ponto. Tinha consciência de que sabia demais.

Apesar de já estar aposentado há muito tempo, não havia ninguém na Inglaterra cuja opinião fosse tão respeitada pelos membros da comunidade jurídica. Sempre que sua voz fina e precisa era ouvida, fazia-se um silêncio respeitoso.

A conversa girava em torno de um caso muito comentado e concluído naquele mesmo dia, no Tribunal Central Criminal. Tratava-se de um assassinato, e o réu fora absolvido. O grupo estava empenhado em julgar o caso mais uma vez e em criticar aspectos técnicos.

A acusação errara ao confiar demais em uma de suas testemunhas. O velho Depleach deveria ter percebido que abrira assim um flanco para a defesa. O jovem Arthur aproveitara ao máximo o depoimento da jovem empregada. Em sua argumentação final, Bentmore tinha colocado a questão sob a perspectiva correta, mas o erro já estava feito. O júri acreditara na garota. Jurados eram imprevisíveis, difícil saber o que iam engolir. Quando punham uma coisa na cabeça, ninguém conseguia tirar. Eles acreditaram que a moça dizia a verdade em relação ao pé de cabra e ponto-final. O laudo médico era muito complicado para eles. Todas aquelas palavras difíceis e todo aquele jargão científico... testemunhas terríveis, os tais cientistas... sempre vacilando e evitando dizer sim ou não a perguntas simples. Com eles, era sempre "sob certas condições, isso poderia acontecer", e assim por diante.

O grupo conversou até cansar e, aos poucos, conforme as falas foram ficando esparsas e desconjuntadas, crescia uma sensação de que algo estava faltando. As cabeças foram se virando na direção de Mr. Treves, que até então não tinha contribuído em nada para a discussão. Ficou claro que todos estavam esperando pela palavra final do colega mais renomado.

Mr. Treves, recostado na cadeira, limpava os óculos, distraído. O silêncio o fez olhar para cima de repente.

— Oi? — disse ele. — O que foi? Perguntaram alguma coisa?

O jovem Lewis respondeu:

— Estávamos falando sobre o caso Lamorne. — E esperou, ansioso.

— Sim, sim — comentou Mr. Treves. — Eu estava justamente refletindo sobre ele.

Fez-se um silêncio respeitoso.

— Mas acho — prosseguiu ele, ainda limpando os óculos — que estava divagando. Isso mesmo, divagando. Consequência do passar dos anos, suponho. Com minha idade, posso ter o privilégio de divagar.

— É claro que sim — concordou o jovem Lewis, um pouco intrigado.

— Eu não estava pensando — continuou Mr. Treves — nas questões legais levantadas, ainda que sejam interessantes, muito interessantes, e se o veredito tivesse sido diferente acredito que haveria fundamento para uma apelação. Mas não tratemos disso agora. Eu não estava pensando, como disse, nas questões legais, e sim nas *pessoas* envolvidas no caso.

Todos ficaram admirados. Tinham levado em conta as pessoas do caso somente no que dizia respeito a terem ou não credibilidade como testemunhas. Ninguém sequer especulara sobre o réu ser realmente culpado ou ser tão inocente quanto fora declarado pelo tribunal.

— Sabem como são os seres humanos — disse Mr. Treves, pensativo. — Existem pessoas de todos os tipos, maneiras, tamanhos e formas diferentes. Alguns são inteligentes, muitos não são. Vindos de toda parte, Lancashire, Escócia, um dono de restaurante da Itália e uma professora de algum lugar do Oriente Médio. Todos envolvidos e enrolados nesse caso e finalmente trazidos até um tribunal em Londres, em um dia cinzento de novembro. Cada um contribuiu com uma pequena parte. E a coisa toda culminou em um julgamento de assassinato.

Ele fez uma pausa e tamborilou de leve no joelho.

— Eu gosto de uma boa história de detetive. Pena que comecem no lugar errado! Começam com o assassinato. Mas o assassinato é o *fim*. A história começa muito antes, anos antes, às vezes, com todas as causas e todos os eventos que levam certas pessoas a certo lugar, em certa hora de certo dia.

Vejam a jovem empregada: se outra moça não tivesse lhe roubado o namorado, ela não teria abandonado tudo, ido trabalhar para os Lamornes e sido a principal testemunha de defesa. Vejam Giuseppe Antonelli: veio passar um mês com o irmão. O irmão é cego como uma minhoca e não poderia ter visto o que o olhar aguçado de Giuseppe viu. Se o policial não tivesse uma queda pela cozinheira no nº 48, não teria se atrasado para sua ronda...

Ele assentiu, devagar e prosseguiu:

— Todos convergem para um determinado local... E então, quando chega a hora, algo acontece! Na *hora zero*. Sim, todos convergem em direção à hora zero...

Ainda repetiu:

— Em direção à hora zero...

O homem estremeceu.

— O senhor está com frio, venha para perto do fogo.

— Não, não — disse Mr. Treves. — Até me arrepiei, como dizem. Bem, já é hora de ir para casa.

Ele fez um aceno afável com a cabeça e se retirou da sala, lentamente.

Houve um momento de silêncio, até que Lorde Rufus observou que o pobre Treves estava ficando senil.

Sir William Cleaver disse:

— Um cérebro arguto, muito arguto, mas a idade sempre chega.

— O coração também está fraco — disse o lorde —, acho que pode bater as botas a qualquer momento.

— Ele se cuida muito bem — comentou o jovem Lewis.

Naquele momento, Mr. Treves estava entrando em seu confortável Daimler, que o deixou à porta de casa, em frente a uma tranquila praça. Um mordomo atencioso o ajudou com o casaco. Mr. Treves foi até a biblioteca, onde a lareira estava acesa. Seu quarto ficava ao lado, pois, em decorrência do coração, ele nunca subia as escadas.

Sentou-se em frente ao fogo e pegou a correspondência. Ainda pensava na divagação que esboçara no clube.

"Agora mesmo", pensou ele, "algum drama, algum futuro assassinato, deve estar sendo preparado. Se eu fosse escrever uma dessas histórias divertidas de sangue e crime, começaria com um cavalheiro idoso sentado em frente ao fogo, abrindo suas cartas, convergindo, sem saber, em direção à hora zero..."

Rasgou um envelope e olhou distraído para a folha que tirou lá de dentro.

De repente, sua expressão se alterou. Voltou da divagação para a realidade.

— Minha nossa! — exclamou Mr. Treves. — Que coisa extremamente irritante! Que aborrecimento. Depois de tantos anos! Isso vai alterar por completo meus planos.

# "Abre-se a porta e eis as pessoas"

*11 de janeiro*

O homem se virou na cama do hospital e abafou um gemido.

A enfermeira responsável pela ala levantou-se da mesa e foi até ele. Ajeitou os travesseiros e o deixou em uma posição mais confortável.

Angus MacWhirter resmungou um agradecimento. Estava se sentindo rebelde e amargo.

Àquela altura, já era para estar tudo acabado. Ele estaria livre de tudo! Maldita árvore ridícula, crescendo bem no penhasco! Maldito casal de namorados, enfrentando o frio de uma noite de inverno para se encontrar na beirada de um penhasco.

Se não fosse por eles (e pela árvore!), tudo estaria acabado. Um mergulho na água gelada, talvez uma breve agitação, e então o nada, o fim de uma vida mal vivida, inútil, sem sentido.

Agora, onde ele estava? Deitado em uma cama de hospital como um pateta, com um ombro quebrado e a perspectiva de terminar sendo julgado pelo crime de tentar tirar a própria vida.

Maldição, a vida era *sua* ou não era?

Se a tentativa fosse bem-sucedida, eles o teriam considerado mentalmente perturbado e o enterrado com toda a piedade.

Ora, mentalmente perturbado! Nunca estivera mais lúcido! Cometer suicídio era a coisa mais lógica e sensata a ser feita por alguém na sua situação.

Arrasado, com a saúde prejudicada de forma permanente e uma esposa que o trocara por outro homem. Desempregado, sem afeto, sem dinheiro, saúde ou esperança. Por certo acabar com tudo era a única solução possível.

E ali estava ele, naquela situação ridícula. Logo seria repreendido por um solene magistrado por ter seguido seu bom senso a respeito de algo que pertencia somente a ele: sua vida.

Bufou de raiva. Sentia-se febril.

A enfermeira estava novamente ao seu lado.

Ela era jovem, ruiva, com uma feição gentil mas um tanto distante.

— Sente muita dor?

— Não, não sinto.

— Vou lhe dar algo para dormir.

— Não vai fazer nada disso.

— Mas...

— Acha que não posso aguentar um pouco de dor e falta de sono?

Ela sorriu com gentileza e certo ar de superioridade.

— O médico disse que você poderia tomar alguma coisa.

— Não quero saber o que o médico disse.

Ela arrumou as cobertas e deixou um copo de limonada ao lado dele.

— Desculpe a grosseria — disse, um pouco envergonhado.

— Não tem problema.

Ele ficou incomodado por vê-la tão impassível à sua raiva. Nada poderia perfurar a couraça de indulgente indiferença daquela enfermeira. Ele era um paciente, não um homem.

— Maldita interferência, toda essa maldita interferência — disse ele.

— Ora, agora o senhor não está sendo gentil — reprovou ela.

— Gentil? — perguntou ele. — *Gentil*? Meu Deus!

— Vai se sentir melhor pela manhã — disse ela, com tranquilidade.

Ele engoliu em seco.

— Vocês, enfermeiras. *Enfermeiras*! Desumanas, é o que são!

— Sabemos o que é melhor para você.

— É isso que me deixa irritado! Com você, com o hospital, com o mundo. A contínua interferência! Sempre achando que sabem o que é melhor para outras pessoas. Eu tentei me matar. Sabe disso, não sabe?

Ela assentiu.

— Não é da conta de ninguém se eu me joguei da droga do penhasco ou não. Eu não queria mais saber da vida! Estava cansado!

A jovem deu um estalido com a língua que sugeria uma compaixão abstrata. Ele era um paciente. Ela o estava acalmando, deixando que desabafasse.

— Por que eu não deveria me matar, se é o que quero? — perguntou ele.

Ela levou a pergunta a sério.

— Porque é errado.

— Mas por que é errado?

Ela o encarou, em dúvida. Estava segura de suas crenças, mas não conseguia articular uma resposta.

— Bem... eu acho que se matar é um pecado. A gente tem que viver, gostando ou não.

— Por quê?

— Temos outras pessoas para levar em conta, não acha?

— Não no meu caso. Não há ninguém no mundo que se importaria com a minha morte.

— Não tem família? Mãe, irmãs, ninguém?

— Não. Tive uma esposa, mas ela me deixou. Com razão! Viu que eu não servia para nada.

— Mas você deve ter amigos.

— Não tenho. Não sou um cara amigável. Deixe-me falar uma coisa, enfermeira, eu já fui do tipo feliz. Tinha um bom emprego e uma esposa bonita. Mas houve um acidente. Meu patrão estava dirigindo, e eu estava no carro. Ele queria que eu dissesse que vinha a menos de 50km/h, mas não é verdade. Estávamos mais perto de 80km/h. Não que alguém tenha morrido, nada disso, ele só queria se garantir perante a seguradora. Acontece que eu me recusei a dizer o que ele queria. Era mentira, e eu não conto mentiras.

— Para mim, o que você fez foi certo. Muito certo — disse a enfermeira.

— Você acha, é? Pois minha cabeça dura me custou o emprego. Meu chefe ficou tão irritado que garantiu que eu não conseguisse outro. Minha esposa cansou de me ouvir reclamar e fugiu com alguém que se dizia meu amigo. Ele estava se dando bem na vida, enquanto eu ia de mal a pior. Comecei a beber. Isso não me ajudou a manter um emprego. Então fui ser carregador, o que acabou com minhas costas. O médico disse que eu nunca mais poderia fazer força. Já não havia muito pelo que viver. O caminho mais fácil, mais simples, era dar o fora. Minha vida já não vale nada, nem para mim nem para ninguém.

— Você não tem como saber — disse ela.

Ele riu. Seu humor tinha melhorado. A teimosia ingênua da jovem o divertia.

— Garota, eu sirvo para alguma coisa?

A moça ficou confusa.

— Você não sabe. Ainda pode ser útil, algum dia...

— Algum dia? Não vai ter dia nenhum. Da próxima vez eu vou me certificar disso.

Ela balançou a cabeça com segurança.

— Você não vai mais se matar.

— Por que não?

— Os que sobrevivem nunca tentam de novo.

O homem a encarou. *Nunca tentam de novo.* Ele era só mais um na classe dos pretensos suicidas. Abriu a boca para protestar, mas sua honestidade inata o impediu.

Será que tentaria novamente? Tinha mesmo certeza?

De repente, entendeu que não o faria. Sem saber por quê. Talvez bastasse o motivo que a moça oferecera, baseado em sua experiência: os que sobrevivem ao suicídio não tentam de novo.

Ficou ainda mais determinado a arrancar dela uma confissão de ordem ética.

— Seja como for, tenho direito de fazer o que quiser com minha própria vida.

— Não tem, não.

— Mas por que não, menina?

Ela enrubesceu e disse, com os dedos alisando o pequeno crucifixo dourado que lhe pendia do pescoço:

— Você não entende. Deus pode precisar de você.

Ele se calou, surpreso. Não queria abalar a crença infantil da enfermeira. Falou com sarcasmo:

— Quem sabe algum dia eu segure um cavalo desembestado e salve a vida de uma criança de cabelos dourados, é isso?

Ela balançou a cabeça. Com veemência, tentando expressar aquilo que tinha tão vívido na mente, mas tão preso na língua, disse:

— Só por *estar* em algum lugar, sem fazer nada, só pela sua presença em um dado momento. Não consigo me fazer entender, mas um dia você pode estar simplesmente andando pela rua e, com isso, vir a causar algo muito importante, sem nem perceber.

A enfermeira ruiva vinha da costa oeste da Escócia, e parte de sua família tinha "visões".

Talvez ela tivesse vislumbrado a imagem de um homem, que, andando pela rua em uma noite de setembro, salvava alguém de uma morte terrível.

*14 de fevereiro*

Só havia uma pessoa na sala, e o único som que se ouvia vinha de sua caneta traçando linha após linha no papel.

Não havia ninguém para ler as palavras que estavam sendo escritas. Se houvesse, dificilmente acreditaria nos próprios olhos. Pois o que estava sendo escrito era um projeto claro e detalhado de assassinato.

Às vezes, o corpo está consciente de que uma mente o controla, quando se curva obediente àquela coisa estranha que dirige suas ações. Outras vezes é a mente que está consciente de ter e controlar um corpo, de alcançar seus objetivos por meio desse corpo.

A pessoa sentada a escrever estava nesse último estado. Era uma mente, uma inteligência fria e controlada. Essa mente tinha um único pensamento e objetivo: a destruição de outro ser humano. Para que esse objetivo fosse alcançado, um plano estava sendo desenvolvido meticulosamente no papel. Toda eventualidade e toda possibilidade estava sendo levada em conta. Tudo tinha de ser à prova absoluta de falhas. Como todo bom plano, não seguia uma fórmula definitiva. Previa ações alternativas em certos pontos. Aquela mente inteligente entendia que era necessário deixar espaço para o imprevisível. Ainda assim, as linhas gerais estavam claras e tinham sido testadas com todo o cuidado. A hora, o local, o método, a vítima!

A pessoa levantou a cabeça. Pegou as folhas de papel e as leu com atenção. Sim, estava tudo perfeitamente claro.

Um sorriso apareceu em seu rosto sério. Um sorriso que não era de todo são. Respirou fundo.

Assim como a humanidade foi feita à imagem do Criador, também agora havia ali uma caricatura terrível da alegria de um criador.

Sim, tudo planejado. Todas as reações previstas e consideradas, o bem e o mal de cada pessoa manipulados e alinhados com um propósito maligno.

Só faltava uma coisa.

Com um sorriso, a pessoa marcou uma data. Uma data em setembro.

Então, riu ao rasgar o papel em pequenos pedaços e colocá-los no meio do fogo da lareira, que brilhava do outro lado da sala. Não houve nenhum descuido. Cada pedacinho foi queimado e destruído. O plano existia agora somente na cabeça de quem o criara.

*8 de março*

O Superintendente Battle estava tomando café da manhã. Cerrava o maxilar com força enquanto lia, devagar e com cuidado, uma carta que sua esposa lhe entregara, às lágrimas. Não havia nenhum sentimento em seu rosto, pois seu rosto jamais demonstrava sentimentos. Parecia ter sido esculpido em madeira. Era sólido, resistente e, de certa forma, impressionante. O Superintendente Battle nunca parecia brilhante; não era, definitivamente, um homem brilhante, mas tinha outra qualidade, difícil de definir, mas ainda assim intensa.

— Não posso acreditar — disse Mrs. Battle, chorando. — Sylvia!

Sylvia era a mais jovem dos cinco filhos do casal Battle. Tinha 16 anos e frequentava uma escola perto de Maidstone.

A carta fora enviada por Miss Amphrey, diretora da escola em questão. Era uma carta direta, afável e escrita com muito tato. Informava, sem rodeios, que vários pequenos furtos vinham preocupando as autoridades escolares por algum tempo, que a questão tinha sido finalmente resolvida, que Sylvia Battle confessara tudo e que Miss Amphrey gostaria de falar com o casal Battle assim que possível, para "discutir a situação".

O Superintendente Battle dobrou a carta e colocou-a no bolso, dizendo:

— Deixe isto comigo, Mary.

Depois levantou-se, deu a volta na mesa, fez um carinho no rosto da esposa e disse:

— Não se preocupe, meu bem, vai dar tudo certo.

Saiu do recinto, deixando atrás de si um ar de conforto e segurança.

Naquela tarde, no escritório moderno e privativo de Miss Amphrey, o Superintendente Battle se sentou bem rígido na cadeira, com suas grandes mãos sobre os joelhos, encarando Miss Amphrey e exibindo uma aparência ainda mais policial que o normal.

Miss Amphrey era uma diretora de sucesso. Tinha personalidade, muita personalidade. Era sagaz, mantinha-se atualizada e combinava disciplina tradicional com ideias modernas sobre autonomia.

Sua sala representava bem o espírito de Meadway. Toda em tons de bege, com dois grandes vasos de narcisos, além de jarras com tulipas e jacintos. Duas cópias de estatuetas gregas, duas esculturas vanguardistas e duas pinturas renascentistas italianas na parede. Em meio a tudo isso, estava a própria Miss Amphrey, com um vestido azul-escuro, a feição atenta de um cão de caça e olhos azuis bem sérios por trás de grossas lentes.

— O mais importante — disse ela, com voz clara e equilibrada — é que isto seja conduzido de maneira apropriada. É na jovem que devemos pensar, Mr. Battle. Em Sylvia! É muito importante, *muito* importante, que a vida dela não seja afetada de modo algum. Não devemos fazê-la sentir o peso de uma *culpa*. A atribuição de culpa deve ser feita com parcimônia, se é que deve ser feita. Cumpre chegar à razão *por trás* desses furtos insignificantes. Algum complexo de inferioridade, talvez? Ela não é boa com jogos, o senhor sabe. Algum desejo subjacente de reconhecimento em outra atividade, um desejo de autoafirmação? Temos que tomar muito cuidado. É por isso que eu quis que conversássemos a sós primeiro, para transmitir a importância de tomar muito cuidado com Sylvia. Repito, é muito importante entendermos o que está *por trás* disso.

— É para isso, Miss Amphrey, que vim até aqui — disse o Superintendente Battle.

A voz dele era baixa, seu rosto era inexpressivo e seus olhos avaliavam a diretora.

— Tenho sido bastante gentil com ela — afirmou Miss Amphrey.

Battle respondeu, lacônico:
— Obrigado.
— Eu realmente amo e compreendo essas jovens.

Sem se prolongar no assunto, Battle apenas disse:
— Eu gostaria de ver minha filha agora, se não se importa.

Com ênfase renovada, Miss Amphrey recomendou-lhe cautela, que fosse com calma, que não antagonizasse uma criança em vias de se tornar uma mulher.

O Superintendente Battle não aparentou impaciência, mantendo um semblante neutro.

A mulher o levou até o escritório. Passaram por algumas garotas nos corredores. Elas os cumprimentaram com olhos cheios de curiosidade. Tendo conduzido Battle até o pequeno cômodo, que não era tão impregnado de personalidade quanto a sala de onde tinham vindo, Miss Amphrey se retirou e disse que providenciaria para que Sylvia fosse vê-lo.

Antes que ela saísse, Battle a interrompeu.

— Um momento. Como chegou a identificar Sylvia como a responsável pelas... subtrações?

— Meus métodos, Mr. Battle, foram psicológicos.

Miss Amphrey falava com dignidade.

— Psicológicos, é? Sei. E quanto a provas, Miss Amphrey?

— Entendo perfeitamente que o senhor pense assim. Sua profissão o leva a isso. Mas a psicologia começa a ser reconhecida na criminologia. Posso lhe assegurar de que não há erro algum. Sylvia admitiu tudo de livre vontade.

— Sei disso. Só queria saber por que a considerou suspeita, para começo de conversa.

— Bem, Mr. Battle, essa história de objetos desaparecendo dos armários das moças estava piorando. Reuni todas as estudantes e relatei os fatos. Ao mesmo tempo, tive oportunidade de estudar suas reações. A expressão de Sylvia me impressionou imediatamente. Demonstrava culpa e confusão. Eu soube na hora que ela era a responsável. Não procurei *confrontá-la* com a culpa, mas levá-la a admitir tudo *por si mesma*. Preparei um pequeno teste para ela, uma associação de palavras.

Battle assentiu, mostrando que entendia.

— E ela acabou por admitir tudo.

— Entendo — disse ele.

Miss Amphrey hesitou por um momento, e então saiu.

Battle estava em pé, olhando pela janela, quando a porta se abriu mais uma vez.

Ele se virou devagar e encarou a filha.

Sylvia estava junto à porta, que fechara atrás de si. Ela era alta, de cabelos pretos, magra. Seu rosto estava inchado e marcado pelo choro. Falou com timidez, sem petulância:

— Bem, estou aqui.

Battle a observou, pensativo, por um minuto ou dois. Suspirou.

— Eu nunca deveria tê-la mandado para este lugar — declarou ele. — Aquela mulher é uma idiota.

Sylvia se esqueceu de seus problemas, tal foi o choque.

— A senhorita Amphrey? Mas ela é *maravilhosa*. Todas aqui acham isso.

— Então não deve ser tão idiota assim — comentou Battle —, se consegue passar essa imagem de si mesma. Seja como for, Meadway não é para você, embora isso pudesse ter acontecido em qualquer lugar.

Sylvia torceu as mãos e olhou para baixo. Por fim, disse:

— Sinto muito, pai. Estou muito arrependida.

— É para estar mesmo — disse Battle. — Venha cá.

A menina atravessou o cômodo devagar e contrariada. O pai pôs a mãozona quadrada em seu queixo e a olhou nos olhos.

— Você sofreu muito, não foi? — perguntou.

Lágrimas encheram os olhos dela.

Battle disse, devagar:

— Sabe, Sylvia, eu sempre soube que havia *algo* em você. A maioria das pessoas tem algum tipo de fraqueza. Normalmente é fácil de perceber. A gente logo vê que uma criança é gananciosa, ou temperamental, ou tem um pouco de malícia. Você era uma ótima criança, muito quieta, obediente, não causava nenhum problema e, às vezes, eu me preocupava. Porque quando não se consegue ver o defeito, ele pode pôr tudo a perder quando aparece uma provação.

— Como aconteceu comigo! — exclamou Sylvia.

— Sim, como aconteceu com você. Não aguentou a pressão e cedeu. De uma forma estranha. De uma forma que eu nunca tinha visto antes.

A garota falou, ríspida e cheia de sarcasmo:

— Eu achei que você já tivesse visto muitos ladrões!

— Sim, e sei tudo sobre eles. E é por isso, meu bem, não porque eu seja seu pai (pais não sabem muito a respeito dos filhos), mas porque sou *policial,* que sei muito bem que você não é uma ladra. *Você* não furtou nada neste lugar. Existem dois tipos de ladrões, os que cedem a uma tentação súbita e irresistível (e isso ocorre raramente, é incrível a quanta tentação um homem comum é capaz de resistir), e os que simplesmente pegam o que não lhes pertence como se isso não fosse nada. Você não faz nenhum desses tipos. Não é uma ladra. Você é um tipo especial de mentirosa.

Sylvia começou a responder:

— Mas...

Ele continuou:

— Mas você admitiu tudo? Estou sabendo. Houve uma santa que certa vez distribuiu pão aos pobres. O marido não gostou. Perguntou o que havia no cesto. Ela vacilou e disse que eram rosas. Ele abriu o cesto e eram mesmo rosas; um milagre! Se você fosse Santa Isabel e estivesse saindo com um cesto de rosas, e seu marido aparecesse e perguntasse o que havia no cesto, você ficaria nervosa e diria "pães".

Depois de uma pausa, ele disse:

— Foi isso que aconteceu, não foi?

Houve uma pausa mais longa, até que a garota abaixou a cabeça.

— Me conte, criança — pediu Battle. — O que aconteceu, de verdade?

— Ela se aproximou de todas nós e fez um discurso. Seus olhos estavam sobre mim, e percebi que ela achava que tinha sido eu! Senti que ficava vermelha e vi as outras meninas me encarando. Foi horrível. Todas começaram a me olhar e a cochichar pelos cantos. Estava bem claro o que pensavam. E então a Amp me chamou aqui em cima com algumas outras meninas, e jogamos um tipo de jogo de palavras. Ela dizia umas palavras e nós respondíamos.

Battle soltou um resmungo. A filha continuou:

— Eu percebi o que estava acontecendo e fiquei meio que paralisada. Tentei não dizer nenhuma palavra errada, tentei pensar em outras coisas, como esquilos ou flores, e Amp estava me observando com uns olhos afiados, pareciam que iam me furar. E ficou cada vez pior, até que um dia Amp falou comigo de forma tão gentil e tão *compreensiva* que eu comecei a chorar e disse que *tinha* sido eu. Papai, fiquei tão aliviada!

Battle coçou o queixo.

— Percebo.

— Você entende?

— Não, Sylvia, não entendo, porque não sou assim. Se alguém tentasse me fazer confessar algo que não fiz, eu provavelmente lhe daria um soco. Mas percebo o que aconteceu no seu caso, e sua Amp de olhar penetrante teve debaixo do nariz um dos mais belos exemplos de psicologia que qualquer tolo proponente de teorias malcompreendidas poderia querer. Agora precisamos dar um jeito nessa confusão. Onde está Miss Amphrey?

Miss Amphrey estava convenientemente por perto. Seu sorriso simpático ficou congelado no rosto quando o Superintendente Battle disse de modo direto:

— Em defesa de minha filha, devo pedir que chame a polícia local para tratar do caso.

— Mas, Mr. Battle, a própria Sylvia...

— Sylvia nunca mexeu em nada que não fosse dela neste lugar.

— Eu entendo que, como pai...

— Não falo como pai, mas como policial. Chame a polícia para ajudar com o caso. Eles serão discretos. Vão achar as coisas escondidas em algum lugar e cheias de impressões digitais, garanto. Ladrõezinhos desse tipo não usam luvas. Vou levar minha filha embora comigo. Se a polícia encontrar alguma prova, alguma prova *real,* que a relacione com os furtos, estou preparado para vê-la ir a julgamento e aceitar o que for decidido, mas não temo por ela.

Cinco minutos depois, enquanto o carro saía pelo portão e com Sylvia ao seu lado, ele perguntou:

— Quem é a menina loira, despenteada, de bochechas rosadas e furo no queixo, olhos azuis um tanto afastados? Passei por ela.

— Parece ser a Olive Parsons.

— Eu não ficaria surpreso se fosse ela a culpada.

— Ela parecia com medo?

— Não, ela parecia satisfeita. Uma satisfação presunçosa que já vi muitas vezes na delegacia! Poderia apostar que foi ela, mas você não vai vê-la confessar nada.

Sylvia disse, com um suspiro:

— É como se eu acordasse de um pesadelo. Papai, lamento muito! Lamento tanto! Como pude ser tão tola, a mais tola de todas? Me sinto péssima.

— Tudo bem — disse o Superintendente Battle, acariciando o braço dela com a mão que tirou da direção e usando sua frase de consolo preferida. — Não se preocupe. São provações que nos são enviadas. Sim, essas coisas nos são enviadas. Ao menos, é o que eu acho. Não consigo imaginar outra razão para que aconteçam.

*19 de abril*

O sol brilhava sobre a casa de Nevile Strange, em Hindhead.

Era um dia de abril, desses que acontecem pelo menos uma vez por mês, mais quente que a maioria dos que viriam pela frente em junho.

Nevile Strange estava descendo as escadas. Vestia flanela branca e vinha carregando quatro raquetes de tênis nos braços.

Se tivesse que eleger um homem dentre todos os ingleses como exemplo de sorte, alguém sem mais nada para desejar, um comitê de seleção poderia escolher Nevile Strange. Era famoso, excelente tenista e um esportista completo.

Apesar de nunca ter alcançado as finais de Wimbledon, vencera várias partidas iniciais e, nas duplas mistas, chegara às semifinais duas vezes. Talvez tivesse uma atividade esportiva ampla demais para ser realmente um campeão do tênis. Era razoável no golfe, bom nadador e fizera algumas belas escaladas nos Alpes. Tinha 33 anos de idade, uma saúde magnífica, beleza, muito dinheiro, uma esposa de extrema beleza com quem acabara de se casar e, aparentemente, nenhuma preocupação.

Entretanto, ao descer as escadas, Nevile Strange estava acompanhado por uma sombra. Uma sombra que, ao que parecia, somente seus olhos podiam perceber. Estava pensando nisso, e esse pensamento lhe franzia a testa e deixava sua expressão perturbada e indecisa.

Atravessou o corredor, ajeitou os ombros como se se livrasse de um fardo, passou pela sala de estar e entrou em uma varanda envidraçada, onde sua esposa, Kay, estava deitada sobre almofadas, tomando suco de laranja.

Kay Strange tinha 23 anos e uma beleza incomum. Era magra, mas voluptuosa de forma sutil, cabelos de um ruivo escuro, uma pele tão perfeita que para realçá-la usava apenas uma leve maquiagem, e seus olhos e sobrancelhas tinham uma coloração escura que raramente ocorre em ruivas, mas torna-as irresistíveis quando acontece.

Seu marido falou com suavidade:

— Olá, querida, o que temos para o café da manhã?

— Para você, rins sangrentos horríveis, cogumelos e bacon — respondeu Kay.

— Parece ótimo.

Ele se serviu daquelas iguarias e encheu uma xícara de café. Fez-se um silêncio confortável por alguns minutos.

— Ai, ai — disse Kay, mexendo de forma sensual os dedos dos pés, com esmalte vermelho nas unhas. — O sol não está ótimo? Até que a Inglaterra não é tão ruim, afinal.

Tinham acabado de voltar do sul da França.

Nevile, depois de espiar as manchetes do jornal, olhou a primeira página do caderno de esportes e disse apenas:

— Pois é.

Então, passando a comer torradas com geleia, deixou o jornal de lado e abriu a correspondência.

Havia muitas cartas, mas a maioria ele só rasgou e jogou fora. Circulares, anúncios, folhetos.

— Não estou gostando da combinação de cores na sala de estar. — comentou Kay. — Posso redecorá-la, Nevile?

— Pode fazer o que quiser, gracinha.

— Azul-pavão — disse Kay, sonhadora —, e almofadas marfim.

— Devia incluir um macaco — brincou Nevile.

— Você pode ser o macaco — sugeriu Kay.

Nevile abriu outra carta.

— Falando nisso — disse Kay —, Shirty nos convidou para ir à Noruega de iate, no final de junho. É uma pena que não possamos ir.

Ela lançou um olhar cuidadoso e discreto para Nevile e acrescentou, esperançosa:

— Eu ia adorar.

Alguma coisa, uma sombra, uma incerteza, parecia estar passando pelo semblante de Nevile.

Kay perguntou, rebelde:

— Temos mesmo que ir visitar a velha Camilla?

Nevile franziu a testa.

— Claro que sim. Escute aqui, Kay, já falamos sobre isso. Sir Matthew foi meu tutor. Ele e Camilla cuidaram de mim. A Bico da Gaivota é meu lar, mais do que qualquer outra casa.

— Tudo bem, tudo bem — cedeu Kay. — Se temos que ir, então temos que ir. Afinal, vamos receber a herança quando ela falecer, então não custa nada bajulá-la um pouco.

Nevile ficou nervoso.

— Não se trata de bajular! Ela nem tem controle sobre o dinheiro. Sir Matthew o deixou sob sua guarda enquanto ela viver, e depois tudo virá para mim e para minha esposa. É uma questão de *afeto*. Por que não consegue entender isso?

Depois de uma pausa, Kay disse:

— Eu entendo. De verdade. Só estou reclamando porque eu sei que elas não me suportam. Elas me odeiam! Odeiam, sim! Lady Tressilian me despreza e Mary Aldin nem olha nos meus olhos quando fala comigo. É muito fácil para *você*. Você nem percebe o que se passa.

— Elas sempre foram educadas. Sabe muito bem que eu não aceitaria que não fossem.

Kay lançou a ele um olhar estranho.

— São educadas, mas sabem como me deixar nervosa. Acham que sou uma intrusa.

— Bem, até que é natural, não acha?

Sua voz estava ligeiramente mudada. Ele se levantou e admirou a vista, de costas para Kay.

— Ah, sim, é bem natural. Elas eram devotadas a Audrey, não eram? — A voz dela tremeu um pouco. — A tão querida, fina, elegante e sem graça Audrey! Camilla nunca me perdoou por tomar o lugar dela.

Nevile não se virou. Sua voz era sem vida, apagada. Ele disse:

— Camilla está idosa, já passou dos 70 anos. A geração dela não aceita o divórcio muito bem. Apesar de tudo, acho que ela encarou bem a situação, considerando o quanto ela gostava de... de Audrey.

A voz dele se alterou um pouco quando disse aquele nome.

— Elas acham que você a tratou mal.

— E tratei mesmo — murmurou Nevile, mas a mulher ouviu.

— Ora, Nevile, não seja bobo. Tudo isso só porque ela fez aquele drama.

— Ela não fez drama. Audrey nunca fez drama.

— Você entendeu o que eu quis dizer. Ela foi embora, ficou doente, estava sempre com uma aparência desolada. É isso que estou chamando de drama. Audrey não sabe perder. Na minha opinião, se uma esposa não consegue manter o marido, deve aceitar perdê-lo com dignidade! Vocês não tinham nada em comum. Ela nunca praticou esportes e era tão anêmica e desanimada quanto um pano de prato. Não tinha vida, não tinha entusiasmo! Se ela realmente se importasse com você, daria prioridade à sua felicidade e se alegraria por estar feliz ao lado de alguém mais compatível com você.

Nevile se virou, com um sorriso levemente sardônico nos lábios.

— Que espírito esportista você tem! Como sabe jogar o jogo do amor e do matrimônio.

Kay riu e enrubesceu.

— Talvez eu tenha ido um pouco longe demais. Seja como for, não adianta chorar pelo leite derramado. Temos que aceitar os fatos!

Nevile disse em voz baixa:

— Audrey aceitou. Ela assinou o divórcio para que eu e você pudéssemos nos casar.

— Sim, eu sei — concordou Kay.

— Você nunca a entendeu.

— Não, nunca entendi. De certa forma, Audrey me dá medo. Não sei dizer o que é que ela tem. A gente nunca sabe o que ela está pensando. É um pouco assustadora.

— Deixe de bobagem, Kay.

— Ela me assusta. Talvez por ser muito esperta.

— Minha tolinha querida.

Kay riu.

— Você sempre me chama assim!

— Porque é o que você é!

Sorriram um para o outro. Nevile foi até ela e se abaixou para lhe dar um beijo no pescoço.

— Minha adorável Kay — murmurou.

— Adorável e muito boazinha — disse ela. — Abrindo mão de uma bela viagem de iate para ser esnobada pelos parentes vitorianos do marido.

Nevile sentou-se à mesa.

— Sabe, não vejo motivo para não irmos a essa viagem com Shirty, se você está com tanta vontade.

Kay endireitou o corpo, surpresa.

— E quanto a Saltcreek e Bico da Gaivota?

Nevile falou, com a voz um tanto alterada:

— Acho que podemos ir até lá no começo de setembro.

— Mas, Nevile, tem certeza de que... — Ela hesitou.

— Não podemos ir em julho ou agosto, por causa dos torneios — disse Nevile. — Mas St. Loo deve terminar na última semana de agosto, e daria certo irmos para Saltcreek direto de lá.

— Ah, sim, daria perfeitamente certo. Mas acho que *ela* sempre visita em setembro, não?

— Está falando de Audrey?

— Sim. Imagino que poderiam adiar a visita dela, mas...

— Por que deveriam adiar a visita dela?

Kay o encarou, incrédula.

— Está pensando em estarmos todos lá ao mesmo tempo? Mas que ideia absurda.

Nevile disse, irritado:

— Não acho que seja absurda. Muita gente se comporta assim hoje em dia. Por que não podemos todos ser amigáveis? Tudo seria tão mais *fácil*. Você mesma disse isso outro dia.

— Eu disse?

— Não se lembra? Falávamos sobre o casal Howes, e você disse que esse era o jeito civilizado de lidar com a questão, que a nova esposa do Leonard e a ex eram grandes amigas.

— Eu não me importaria. Acho mesmo que seria razoável. Mas não acredito que Audrey veria da mesma forma.

— Bobagem.

— Não é bobagem. Audrey gostava muito de você. Não acho que ela aceitaria essa ideia nem por um momento.

— Você está enganada, Kay. Audrey concorda que é uma boa ideia.

— Como assim, Audrey concorda? Como você sabe?

Nevile ficou constrangido. Pigarreou, sem graça.

— Acontece que a vi ontem, em Londres.

— Você não me contou isso.

Nevile ficou irritado.

— Estou contando agora. Foi totalmente por acaso. Eu estava caminhando pelo parque, e ela veio na minha direção. Você não iria querer que eu fugisse dela, não é?

— Claro que não — disse Kay. — Continue.

— Bem... nos cumprimentamos, é claro, e eu mudei de rumo para acompanhá-la. Achei que era o mínimo que devia fazer.

— Continue — pediu Kay.

— Depois nos sentamos e conversamos. Ela foi muito simpática, muito mesmo.

— Deve ter sido um prazer para você — ironizou Kay.

— Conversamos um pouco. Ela estava muito à vontade.

— Notável!

— Perguntou por você.

— Que gracinha!

— Falamos um pouco a seu respeito. Realmente, Kay, ela não poderia ter sido mais simpática.

— A doce Audrey!

— Foi então que me ocorreu, sabe, como seria bom se vocês duas pudessem ser amigas, se pudéssemos todos conviver bem. E que poderíamos visitar a Bico da Gaivota neste verão. É um lugar onde isso aconteceria de forma natural.

— *Você* pensou nisso?
— Sim... claro. Foi tudo ideia minha.
— Não me disse nada sobre essa ideia.
— É que acabei de me lembrar.
— Sei. Seja como for, então você fez essa sugestão e Audrey achou uma ideia maravilhosa?

Pela primeira vez, algo no jeito de Kay pareceu invadir a consciência de Nevile.

— Algum problema, querida? — perguntou ele.
— Não, imagine! Absolutamente nenhum! Nem você nem Audrey se preocuparam em saber se *eu* acho a ideia maravilhosa?

Nevile a encarou.

— Mas, Kay, por que você se importaria?

Kay mordeu o lábio. Nevile continuou:

— Você mesma disse, outro dia.
— Não comece com isso de novo! Eu estava falando sobre outras pessoas, não sobre *nós*.
— Mas, em parte, foi isso que me fez ter essa ideia.
— Pior para mim. Não que eu acredite em você.

Nevile olhava para ela embasbacado.

— Mas, Kay, por que você se importaria? Não há nada com que se preocupar!
— Não há?
— Bem, eu quero dizer que se há algum ciúme, viria do outro lado — Ele fez uma pausa, e sua voz se alterou. — Veja, Kay, eu e você tratamos Audrey muito mal. Digo, não é bem isso. Não tem nada a ver com você. Eu a tratei muito mal. Não basta dizer que eu não pude me controlar. Acho que, se esse esquema desse certo, eu me sentiria bem melhor a respeito da situação. Me deixaria mais feliz.

Kay indagou, apreensiva:

— Então você não está feliz?

— Do que está falando, sua boba? É claro que estou feliz, uma felicidade resplandecente. Mas...

Kay o interrompeu.

— *Mas...* eis aí! Sempre tem um "mas" nesta casa. Uma maldita escuridão pairando aqui em cima. A sombra de Audrey.

Nevile a encarou.

— Está dizendo que tem ciúme de Audrey? — perguntou ele.

— Não tenho ciúme dela. Tenho medo... Nevile, você não sabe como a Audrey realmente é.

— Como posso não saber, tendo sido casado com ela por oito anos?

— Você não sabe — repetiu Kay — como ela é de verdade.

*30 de abril*

— Absurdo! — bradou Lady Tressilian. Recostou-se no travesseiro e lançou um olhar feroz em torno do quarto. — Completo absurdo! Nevile deve ter ficado louco!

— Um pouco estranho, de fato — disse Mary Aldin.

Lady Tressilian tinha um perfil marcante, com um nariz fino que, quando queria, apontava para o interlocutor causando notável efeito. Apesar de já ter passado dos 70 anos e estar com uma saúde frágil, seu vigor mental natural não estava nem um pouco diminuído. É verdade que por vezes ficava ausente da vida e das atribulações, permanecendo deitada e de olhos semicerrados, mas desses momentos de apatia ela emergia com as faculdades ainda mais afiadas e a língua ainda mais ferina. Apoiada sobre travesseiros na ampla cama que ficava no canto do quarto, recebia visitantes como se fosse uma rainha da França. Mary Aldin, uma prima distante, morava com ela e lhe oferecia cuidados. As duas se davam muito bem. Mary tinha 36 anos, mas com um desses rostos suaves que permanecem imutáveis ao longo do tempo. Poderiam dizer que tinha 30 ou 45. Exibia uma boa aparência e um ar elegante, com uma mecha branca sobre o cabelo preto lhe dando um toque de personalidade. Aquilo já fora moda, mas a mecha branca de Mary era natural e estava ali desde a juventude.

Ela olhava pensativa para a carta de Nevile Strange que Lady Tressilian lhe entregara.

— Sim — concordou ela. — Parece mesmo um tanto estranho.

— Não venha me dizer que essa ideia partiu de Nevile — disse Lady Tressilian. — Alguém colocou isso na cabeça dele. Sem dúvida a nova esposa.

— Kay. Acha que foi ideia de Kay?

— É bem o estilo dela. Jovem e vulgar! Se maridos e esposas *precisam* anunciar suas dificuldades em público e recorrer ao divórcio, então ao menos poderiam se separar com decência. A nova esposa e a anterior ficarem amigas me parece revoltante. Ninguém mais se importa em manter o *nível*!

— Acho que essa é a tendência moderna — comentou Mary.

— Não na minha casa. Acredito que já fiz demais ao aceitar a presença dessa criatura de unhas vermelhas aqui dentro.

— Ela é casada com Nevile.

— Exatamente. Por isso acho que Matthew teria desejado que fosse assim. Ele era dedicado ao garoto e sempre quis que considerasse esta casa como um lar. Recusar-me a receber sua esposa causaria um rompimento, então fiz uma concessão e a convidei. Mas eu *não* gosto dela. Não serve para Nevile. Não tem berço, não tem raízes!

— Ela é bem-nascida — disse Mary, pacificadora.

— Péssima estirpe! — ralhou Lady Tressilian. — O pai dela, como já contei uma vez, teve que se desligar de todos os clubes depois daquela história do carteado. Felizmente, faleceu logo depois. E a mãe era famosa na Riviera. Que bela formação para uma garota. Vivendo em hotéis. E com aquela mãe! Um belo dia, ela conhece Nevile nas quadras de tênis, se encanta por ele e não descansa até conseguir que ele abandone a esposa, de quem gostava muito, para ficar com ela! A culpa é toda dela!

Mary sorriu de leve. Lady Tressilian tinha o hábito antigo de culpar as mulheres e ser leniente com os homens.

— Tecnicamente, Nevile tem tanta culpa quanto ela — sugeriu.

— Nevile teve muita culpa — concordou Lady Tressilian. — Tinha uma esposa adorável que lhe era devotada, talvez até demais. Ainda assim, se não fosse a persistência dessa garota, estou convencida de que ele teria caído em si. Mas ela estava decidida a se casar com ele! Sim, minha simpatia está toda voltada para Audrey. Gosto muito dela.

Mary suspirou.

— Tem sido tudo muito difícil — disse ela.

— Sem dúvida. Difícil saber como agir nessas circunstâncias. Matthew gostava de Audrey, assim como eu, e não podemos negar que ela era ótima esposa para Nevile, apesar de ser uma pena que não compartilhasse dos interesses dele. Nunca foi uma moça atlética. A situação foi muito complicada. Quando eu era jovem, essas coisas simplesmente não aconteciam. Os homens tinham seus casos, é claro, mas não podiam acabar com o casamento.

— Mas agora essas coisas acontecem — declarou Mary, sem rodeios.

— Exatamente. Você tem tanto bom senso, minha querida. Não adianta ficarmos lembrando os velhos tempos. Essas coisas acontecem. Garotas como Kay Mortimer roubam os maridos de outras mulheres e ninguém vê nada de errado!

— Exceto pessoas como você, Camilla.

— Eu não conto para nada. Essa criatura chamada Kay não quer saber se eu a aprovo ou não. Está ocupada demais aproveitando a vida. Nevile pode trazê-la quando vier, e estou disposta até mesmo a receber seus amigos, apesar de não ter muita simpatia por aquele jovem meio teatral que está sempre com ela, como ele se chama?

— Ted Latimer?

— Esse mesmo. Um amigo dos tempos da Riviera. Gostaria de saber como ele consegue manter a vida que leva.

— Sendo esperto — sugeriu Mary.

— Isso seria desculpável. Mas suspeito que viva de seus dotes físicos. Ele *não é* um amigo adequado para a esposa de Nevile. Não gostei de ele ter vindo no verão passado e se hospedado no Hotel Easterhead Bay, enquanto os demais ficavam aqui.

Mary olhou pela janela, que estava aberta. A casa de Lady Tressilian ficava perto de um penhasco íngreme à margem do rio Tern. Do outro lado do rio estava o recém-criado resort de verão de Easterhead Bay, com uma grande praia, boa para banho, um punhado de modernos bangalôs e um grande hotel em um pontal com vista para o mar. Saltcreek era uma pitoresca e isolada vila de pescadores, na encosta de uma colina. Era tradicional, conservadora e cheia de desprezo por Easterhead Bay e seus turistas de verão.

O Hotel Easterhead Bay ficava praticamente em frente à casa de Lady Tressilian, e Mary fitou, por cima da estreita faixa de água, aquela novidade que tanto se destacava.

— Alegro-me — disse Lady Tressilian — que Matthew nunca nem sequer tenha visto essa construção vulgar. A costa ainda estava preservada na época dele.

Sir Matthew e Lady Tressilian tinham vindo para a Bico da Gaivota trinta anos antes. Nove anos tinham se passado desde que Sir Matthew, velejador dedicado, se afogara quase na frente da esposa, depois que seu barco virou.

A expectativa geral era de que ela venderia a Bico da Gaivota e deixaria Saltcreek, mas Lady Tressilian não fez nada disso. Continuou a viver na casa, e as únicas mudanças visíveis tinham sido a venda dos barcos e o desmantelamento do abrigo onde ficavam. Não havia barcos para os visitantes da Bico da Gaivota. Eles tinham que andar até o cais e alugar um dos vários barqueiros que havia lá.

Mary disse, hesitando um pouco:

— Devo escrever para Nevile dizendo que a proposta dele não se encaixa em nossos planos?

— Eu nem sonharia em interferir na visita de Audrey. Ela sempre nos visita em setembro, e não vou pedir que faça diferente dessa vez.

Olhando para a carta, Mary comentou:

— Você notou como Nevile garante que Audrey aprova a ideia e está disposta a se encontrar com Kay?

— Simplesmente não acredito — respondeu Lady Tressilian. — Nevile, como todos os homens, crê naquilo que deseja crer.

Mary insistiu:

— Ele diz que chegou a falar com ela a respeito.

— Que coisa mais estapafúrdia! Ou talvez não.

Mary a olhou com expectativa.

— Como Henrique VIII — assinalou Lady Tressilian.

Mary ficou confusa. A mulher continuou o raciocínio.

— Consciência pesada! Henrique estava sempre tentando convencer Catarina de que o divórcio era uma boa ideia. Nevile sabe que se comportou mal e quer se sentir melhor a respeito disso. Por isso está tentando coagir Audrey a dizer que está tudo bem, que pode vir e encontrar-se com Kay e que não há problema algum.

— Eu me pergunto... — disse Mary, devagar.

Lady Tressilian a encarou com um olhar penetrante.

— O que você está pensando, querida?

— Estava me perguntando... — Ela se interrompeu, depois prosseguiu. — Essa carta não parece coisa de Nevile... Você não acha que, por alguma razão, Audrey pode estar *querendo* esse encontro?

— Por que ela haveria de querer algo assim? — perguntou Lady Tressilian, seca. — Depois que Nevile a deixou, ela foi morar com a tia, Mrs. Royde, na casa de campo, e teve um colapso nervoso. Ficou reduzida a uma sombra da pessoa que era. É óbvio que aquilo tudo a deixou sem chão. Ela é uma dessas pessoas quietas e contidas, mas que, por dentro, sofrem de forma intensa.

Mary pareceu sem jeito.

— Sim, ela é intensa. Uma moça um pouco estranha.

— Sofreu demais. Depois veio o divórcio, Nevile se casou com a outra garota e, pouco a pouco, Audrey começou a se recuperar. Já está quase restituída ao que era. Você não vai me dizer que ela tem interesse em remexer velhas recordações, não é?

Mary insistiu, com uma obstinação gentil:

— É o que diz Nevile.

— Você está sendo incrivelmente teimosa a respeito disso, Mary. Por quê? Você *quer* vê-los aqui juntos?

Mary Aldin ficou constrangida.

— Não, claro que não.

Lady Tressilian provocou, de forma brusca:

— Não teria sido *você* a sugerir tudo isso a Nevile?

— Como pode dizer tal absurdo?

— Não acredito nem por um minuto que seja ideia dele. Não parece coisa de Nevile.

Ela fez uma pausa, e então seu rosto se iluminou.

— Amanhã é primeiro de maio, não é? Bem, no dia 3 Audrey virá ficar com os Darlingtons em Esbank. São só vinte milhas. Escreva para ela e peça que venha até aqui almoçar conosco.

*5 de maio*

— Mrs. Strange, madame.

Audrey Strange entrou no grande quarto, foi até a cama, abaixou-se para dar um beijo na idosa senhora e então se sentou na cadeira que fora colocada ali para ela.

— Que bom vê-la, querida — disse Lady Tressilian.

— Também é muito bom ver a senhora — concordou Audrey.

Havia qualquer coisa de intangível a respeito de Audrey Strange. De estatura mediana, com mãos e pés muito pequenos, seu cabelo era de um loiro apagado, e havia pouca cor em sua face; seus olhos eram afastados e acinzentados; seus traços eram delicados e regulares, um nariz pequeno e reto em um rosto ovalado e pálido. Mesmo com essa coloração, com esse rosto que era bonitinho, mas não lindo de verdade, ela projetava alguma característica que não podia ser ignorada e que sempre atraía os olhos para si. Era como se fosse um fantasma, mas dava a impressão de que talvez um fantasma pudesse ser mais real mais realidade do que um humano.

Sua voz era particularmente agradável; suave e clara como um delicado sino de prata.

Ela e Lady Tressilian conversaram por alguns minutos sobre amigos em comum e atualidades. Então, Lady Tressilian disse:

— Além do prazer de sua companhia, querida, convidei-a para vir até aqui porque recebi uma carta um tanto estranha de Nevile.

Audrey olhou para ela. Seus olhos eram grandes, tranquilos e calmos.

— É mesmo? — perguntou.

— Ele sugeriu, e eu digo que é uma proposta absurda, que ele e Kay poderiam vir até aqui em setembro. Ele diz querer que você e Kay sejam amigas e afirma que você também acha isso uma boa ideia.

Ela esperou, até que, com voz plácida, Audrey indagou:

— A senhora acha tão absurdo assim?

— Querida, ficaria mesmo satisfeita com essa situação?

Audrey ficou em silêncio por um minuto ou dois, então respondeu, devagar:

— Eu acho que poderia dar certo.

— Quer mesmo conhecer essa tal de Kay?

— Acredito, Camilla, que assim as coisas ficariam mais fáceis.

— Mais fáceis! — Lady Tressilian repetiu as palavras, desconcertada.

Audrey falou com muita suavidade.

— Querida Camilla. A senhora tem sido tão bondosa. Se Nevile deseja isso...

— Pouco importa o que Nevile deseja! — exclamou Lady Tressilian, decidida. — Quero saber se *você* quer mesmo isso.

Audrey enrubesceu um pouco. Era o rubor leve e delicado de uma concha marinha.

— Sim, eu quero.

— Bem — disse Lady Tressilian. — Bem...

Ela não continuou.

— É claro — apontou Audrey — que a escolha é sua. Está é sua casa e...

Lady Tressilian fechou os olhos.

— Estou velha. Não entendo mais nada.

— Naturalmente, posso vir em outro momento. Qualquer época é boa para mim.

— Você virá em setembro como sempre. E Nevile e Kay virão também. Posso estar velha, mas consigo me adaptar tão bem quanto qualquer pessoa às mudanças trazidas pela vida moderna. Não se fala mais nisso, está decidido.

Ela fechou os olhos novamente. Depois de alguns minutos disse, com os olhos semicerrados, para a jovem mulher sentada ao seu lado:

— Conseguiu o que queria?

Audrey se sobressaltou.

— Sim, sim. Obrigada.

— Meu bem — disse Lady Tressilian —, tem certeza de que não vai se machucar? Você gostava muito de Nevile, eu sei. Esse encontro pode reabrir velhas feridas.

Audrey estava observando as próprias mãos, envoltas em luvas. Uma delas, notou Lady Tressilian, apertava com força o lado da cama.

Audrey levantou a cabeça, os olhos suaves e tranquilos.

— Já está tudo acabado. *Totalmente* acabado.

Lady Tressilian se recostou mais sobre os travesseiros.

— Você é quem sabe. Estou cansada, deve me dar licença agora, meu bem. Mary a espera no andar de baixo. Peça para que mandem Barrett até aqui.

Barrett era a empregada mais antiga e devotada de Lady Tressilian.

Ela veio e encontrou sua patroa deitada e de olhos fechados.

— O quanto antes eu me for deste mundo, melhor, Barrett. Não entendo mais nada nem ninguém.

— Ora, não fale assim, madame, a senhora está só cansada.

— Sim, estou cansada. Tire essa coberta dos meus pés e me dê uma dose do meu tônico.

— Foi a visita de Mrs. Strange que a deixou incomodada. Ela é encantadora, mas acho que também deveria tomar um pouco de tônico. Não está saudável. Passa a impressão de ver coisas que as outras pessoas não podem ver. Mas tem muita personalidade. Eu diria que ela se *faz sentir*.

— Isso é bem verdade, Barrett — concordou Lady Tressilian. — Sim, isso é bem verdade.

— E ela não é do tipo que se esquece fácil, também. Eu me pergunto se Mr. Nevile pensa nela de vez em quando. A nova Mrs. Strange é muito bonita, muito bonita mesmo, mas a senhora Audrey é inesquecível.

Lady Tressilian sorriu e sentenciou:

— Nevile está sendo tolo ao fazer com que essas duas mulheres se encontrem. Quem vai lamentar esse encontro é *ele* mesmo!

*29 de maio*

Thomas Royde, de cachimbo na boca, acompanhava a arrumação de sua bagagem, a cargo de um ágil garoto malaio. De vez em quando, seu olhar se desviava para as plantações. Ficaria seis meses sem contemplar aquela vista, que lhe fora tão familiar durante sete anos.

Seria estranho estar novamente na Inglaterra.

Allen Drake, seu companheiro, apareceu na porta.

— Ei, Thomas, como está indo?

— Tudo pronto.

— Venha beber alguma coisa, seu sortudo. Estou morrendo de inveja.

Thomas Royde saiu do quarto para se juntar ao amigo. Não disse nada, pois era um homem de poucas palavras. Seus amigos aprendiam a julgar suas reações de acordo com a natureza de seu silêncio.

Uma figura robusta, de expressão solene e olhos atentos e pensativos, ele andava um pouco de lado, como um caranguejo. Consequência de um acidente que sofrera durante um terremoto, essa característica contribuía para seu apelido de Caranguejo Ermitão. O acidente deixara seu braço e seu ombro direitos parcialmente paralisados, e somado a isso havia certa rigidez no passo, o que fazia as pessoas acharem que ele se sentia tímido ou constrangido, quando na verdade quase nunca era o caso.

Allen Drake preparou os drinques.

— Bem, boa caçada! — disse ele.

Royde disse alguma coisa que soou como "É, é".
Drake olhou para ele, curioso.
— Fleumático como sempre — comentou. — Não sei como consegue. Quanto tempo faz que não vai para casa?
— Sete anos, quase oito.
— Bastante tempo. Talvez já tenha se tornado um nativo.
— Talvez eu tenha.
— Você sempre pertenceu mais ao mundo animal do que à raça humana. Planejou essa viagem?
— Bem, sim, em parte.
Seu rosto impassível de repente se tingiu de rubro.
Allen Drake disse, com uma surpresa jovial:
— Tem uma mulher envolvida! Ora bolas, você ficou até vermelho!
— Não seja tolo! — respondeu Thomas Royde, com rispidez, aspirando com força o velho cachimbo. Depois quebrou todos os recordes ao continuar a conversa por si mesmo.
— Ouso dizer que encontrarei algumas mudanças.
Allen Drake disse, curioso:
— Sempre me perguntei por que você desistiu de voltar para casa da última vez. No último minuto, ainda por cima.
Royde deu de ombros.
— Achei que aquela caçada fosse ser interessante. E recebi más notícias de casa, na época.
— É mesmo, eu tinha me esquecido. Seu irmão foi morto naquele acidente de trânsito.
Thomas Royde assentiu.
Drake pensou que ainda assim era um motivo estranho para se adiar uma volta para casa. Havia uma mãe e, talvez, uma irmã. Certamente em um momento como aquele... Então ele se lembrou de algo: Thomas tinha cancelado a passagem *antes* de saber da morte do irmão.
Allen olhou para o amigo, desconfiado. Sujeito misterioso, o velho Thomas!

Achou que, depois de três anos, podia perguntar:

— Você e seu irmão eram próximos?

— Adrian e eu? Não muito. Seguimos caminhos diferentes. Ele era advogado.

"Sim", pensou Drake, "uma vida bem diferente. Escritórios em Londres, festas... Uma vida ganha com o uso astuto da língua." Concluiu que Adrian Royde devia ter sido bem diferente do taciturno Thomas.

— Sua mãe ainda é viva, não?

— Minha mãe? Sim.

— E você tem uma irmã também.

Thomas balançou a cabeça, negando.

— Achei que tivesse. Naquela foto...

Royde resmungou:

— Não é minha irmã. É uma prima distante ou coisa do tipo. Cresceu conosco porque era órfã.

Novamente uma lenta onda vermelha passou por sua pele bronzeada.

"Ora, ora", pensou Drake.

— Ela é casada? — Foi o que perguntou.

— Era. Casou-se com aquele sujeito, Nevile Strange.

— O cara que joga tênis e tudo mais?

— É. Mas ela se divorciou dele.

"E você está indo para casa tentar a sorte com ela", pensou Drake.

Felizmente, ele mudou o rumo da conversa.

— Vai conseguir pescar ou caçar?

— Vou para casa primeiro. Depois pensei em velejar um pouco em Saltcreek.

— Conheço esse lugar. É bonito. Tem um hotel antiquado mas bem decente por lá.

— Sim, o Balmoral Court. Devo me hospedar lá, ou talvez fique com amigos que têm casa na região.

— Parece um belo passeio.

— É mesmo. Saltcreek é um lugar tranquilo. Não tem ninguém para incomodar.

— Sei como é — disse Drake. — O tipo de lugar onde nunca acontece nada.

*29 de maio*

— É realmente *muito irritante* — disse Mr. Treves. — Frequentei o Hotel Marine em Leahead por 25 anos, e agora, acredite, o lugar está sendo demolido e reformado. Pretendem ampliar a recepção ou alguma bobagem desse tipo. Por que não deixam esses lugares à beira-mar em paz? Leahead sempre teve um charme particular. Regência, puro estilo regência.

Lorde Rufus tentou consolá-lo:

— Há outros lugares onde pode ficar, imagino?

— Não sei se posso continuar indo a Leahead. No Marine, Mrs. Mackay entendia minhas solicitações como ninguém. Eu ficava no mesmo quarto todos os anos, quase sem mudanças no atendimento. E a comida era excelente, realmente excelente.

— Que tal tentar Saltcreek? Também tem um bom hotel tradicional lá, o Balmoral Court. É dirigido por um casal de nome Rogers. Ela costumava cozinhar para Lorde Mounthead, que promovia os melhores jantares de Londres. Casou-se com o mordomo, e agora os dois mantêm esse hotel. Parece ser exatamente seu tipo de lugar. Calmo, nada dessas bandas de jazz, com atendimento e cozinha de primeira classe.

— É uma ideia. Sem dúvida, é uma ideia. Eles têm um terraço coberto?

— Sim, uma varanda coberta que leva a um terraço. Pode-se tomar sol ou ficar na sombra, conforme a preferência.

Posso apresentá-lo a algumas pessoas no local, se você quiser. Lady Tressilian, por exemplo, mora ao lado. Tem uma casa charmosa e é uma mulher muito agradável, apesar de estar praticamente inválida.

— Está falando da viúva do juiz?

— Essa mesma.

— Eu conheci Matthew Tressilian e já me encontrei com sua viúva. Encantadora. Se bem que isso foi há muito tempo. Saltcreek é perto de St. Loo, certo? Tenho muitos amigos naquela região. Sabe, acho que Saltcreek é de fato uma boa ideia. Vou escrever e pedir mais detalhes. Gostaria de ir até lá em meados de agosto e ficar até meados de setembro. Há uma garagem para meu carro, suponho? E acomodação para meu motorista?

— Ah, sim, o lugar é muito moderno nesse aspecto.

— É que, como você sabe, preciso tomar cuidado com escadas. Preferiria um quarto no térreo, mas imagino que deve haver um elevador.

— Sim, sim, tem de tudo.

— Parece que assim resolvo meus problemas perfeitamente — disse Mr. Treves. — E terei prazer em renovar minha amizade com Lady Tressilian.

*28 de julho*

Kay Strange, vestindo short e uma blusa amarela, estava sentada e inclinada para a frente, assistindo ao jogo de tênis. Era a semifinal do torneio de St. Loo, categoria individual masculina, e Nevile jogava contra o jovem Merrick, considerado uma estrela em ascensão no firmamento do tênis. Seu brilhantismo era inegável, alguns de seus serviços simplesmente indefensáveis, mas, vez por outra, ele passava dificuldade, quando a experiência e a habilidade do adversário mais velho levavam a melhor.

O placar estava empatado em 3 a 3 no set final.

Deslizando para o assento ao lado de Kay, Ted Latimer observou, em tom irônico:

— Esposa devotada assiste ao marido avançando rumo à vitória!

Kay se sobressaltou.

— Você me assustou. Não sabia que estava aí.

— Eu sempre estou por aqui. Já devia saber disso.

Ted Latimer tinha 25 anos e era extremamente bonito. Tinha a pele dourada de sol e era excelente dançarino. Seus olhos pretos podiam ser muito eloquentes, e ele controlava a voz com a segurança de um ator. Kay o conhecia desde os 15 anos. Tinham se bronzeado juntos em Juan les Pins, dançado e jogado tênis juntos. Tinham sido não só amigos, mas parceiros.

O jovem Merrick serviu do lado esquerdo da quadra. A devolução de Nevile foi indefensável, um lance soberbo, bem no canto.

— O *backhand* de Nevile é muito bom — disse Ted. — Melhor que o *forehand*. Merrick tem um *backhand* fraco, e Nevile sabe disso. Vai forçar ali o quanto puder.

O *game* terminou: "*4 a 3 para Strange*".

Ele venceu o *game* seguinte, servindo. O jovem Merrick estava mandando todas para fora. "*5 a 3.*"

— Parabéns a Nevile — disse Latimer.

No entanto, o garoto se recuperou. Seu jogo ficou mais cauteloso. Dosou melhor a força dos lances.

— Ele tem cabeça — comentou Ted. — Seu jogo de pernas é de primeira. Vai ser uma luta.

Lentamente, o garoto alcançou o empate em 5 a 5. Chegaram em 7 a 7, e Merrick acabou vencendo a partida por 9 a 7.

Nevile foi até a rede, sorrindo e balançando a cabeça com pesar, para o aperto de mãos.

— A juventude prevaleceu — anunciou Ted Latimer. — Um de 19 contra um de 33. Mas vou contar, Kay, por que Nevile nunca esteve realmente no mesmo nível dos campeões: ele é um bom perdedor.

— Bobagem.

— Não é bobagem. Nevile, infelizmente, sempre demonstra um perfeito espírito esportivo. Nunca o vi perder a calma por causa de uma derrota.

— Claro que não — disse Kay. — Isso não se faz.

— Ah, mas se faz, sim! Todos já vimos estrelas do tênis tendo ataques de nervos, tentando se aproveitar de qualquer vantagem. Mas o velho Nevile está sempre pronto para engolir seco e sorrir. "Que vença o melhor" e coisa e tal. Meu Deus, como odeio essa mentalidade das escolas públicas. Ainda bem que nunca frequentei uma.

Kay se voltou para ele.

— Está ressentido hoje, hein?

— Absolutamente ferino!

— Eu preferiria que não deixasse tão clara sua antipatia por Nevile.

— Por que eu gostaria dele? Ele ficou com a minha garota.

Os olhos dele estavam pousados em Kay.

— Nunca fui sua garota. As circunstâncias não permitiram.

— De fato. Nunca houve nem um afeto entre nós.

— Cale a boca. Eu me apaixonei por Nevile e me casei com ele...

— E ele é um camarada excelente, todos dizem isso!

— Está tentando me irritar?

Ela virou a cabeça ao fazer a pergunta. Ele sorriu, e ela devolveu o sorriso.

— Como está sendo seu verão, Kay? — perguntou Ted.

— Mais ou menos. O passeio de iate foi muito bom. Mas estou cansada desse negócio de tênis.

— Quanto ainda falta? Mais um mês?

— É. Em setembro passaremos duas semanas na Bico da Gaivota.

— Estarei no Hotel Easterhead Bay — contou Ted. — Já reservei meu quarto.

— Vai ser uma beleza! — disse Kay. — Nevile e eu, mais a ex dele e um fazendeiro malaio que veio para casa passar as férias.

— Parece que vai ser hilário!

— E a prima esquisita, é claro. Feito uma serviçal em torno daquela velhota desagradável. E não vai receber nada, já que o dinheiro virá todo para Nevile e para mim.

— Talvez ela não saiba disso? — perguntou Ted.

— Seria até engraçado — disse Kay, distraída.

Estava olhando para a raquete que tinha entre as mãos. De repente, suspirou.

— Ai, Ted.

— O que foi, gatinha?

— Não sei. Às vezes eu fico... receosa! Me sinto assustada e desconfortável.

— Você não é assim, Kay.

— Não sou, sou? De qualquer forma — ela sorriu, hesitante —, você vai estar no Hotel Easterhead Bay.

— Tudo conforme o previsto.

Quando Kay encontrou Nevile em frente ao vestiário, ele disse:

— Estou vendo que seu amigo já chegou.

— Ted?

— Sim, seu cãozinho fiel, ou talvez lagarto fiel fosse mais apropriado.

— Você não gosta dele, não é?

— Não me importo com ele. Se você gosta de levá-lo por aí pela coleira...

Ele deu de ombros.

— Acho que você está com ciúme — declarou Kay.

— Do Latimer? — O espanto dele era genuíno.

— Ted é considerado muito atraente.

— E é mesmo, com certeza. Tem aquele charme sul-americano.

— Você *está* com ciúme.

Nevile apertou o braço dela, de leve.

— Não estou, não, meu bem. Você pode ter os seus admiradores. Uma corte inteira deles, se quiser. Mas eu tenho a posse, e a posse é o que interessa.

— Você está bem seguro de si mesmo — disse Kay, fazendo beicinho.

— Mas é claro. Você e eu, é destino. O destino quis que nos encontrássemos. O destino nos colocou juntos. Lembra quando nos encontramos em Cannes e depois fui a Estoril e, quando cheguei lá, a primeira pessoa que vi foi justamente a adorável Kay? Eu soube então que era o destino. E que eu não poderia escapar.

— Não foi o destino — disse Kay. — Fui eu!

— Como assim, "fui eu"?

— Fui eu! Ouvi você dizer em Cannes que estava indo a Estoril, então fiquei em cima de mamãe até convencê-la a ir também, e foi por isso que a primeira pessoa que você viu quando chegou lá fui eu.

Nevile olhou para ela com uma expressão curiosa. Então disse, devagar:

— Você nunca tinha me dito isso.

— Não, porque não seria bom para você. Poderia tê-lo deixado convencido. Mas eu sempre fui boa com planejamento. As coisas não acontecem a não ser que você as faça acontecer! Você me chama de tolinha, mas, do meu jeito, sou bem esperta. Faço as coisas acontecerem. Mesmo que precise planejar com muita antecedência.

— O esforço cerebral deve ser intenso — constatou Nevile.

— Tudo bem, pode rir.

Com uma súbita curiosidade amarga, Nevile disse:

— Será que estou só começando a entender a mulher com quem me casei? Onde se lia destino, leia-se Kay!

— Não ficou bravo, ficou, Nevile?

— Não, não, claro que não. Só estava pensando... — respondeu ele, perdido em pensamentos.

*10 de agosto*

Lorde Cornelly, nobre rico e excêntrico, estava sentado à monumental mesa que era seu orgulho e que lhe dava uma satisfação especial. Fora projetada para ele a um preço exorbitante, e toda a decoração da sala estava subordinada a ela. O efeito era tremendo e só ligeiramente prejudicado pela presença inevitável do próprio Lorde Cornelly, um homem pequeno e rotundo, eclipsado pela magnificência da mesa.

Nesse cenário esplendoroso entrou uma secretária loira, que também combinava com a decoração luxuosa.

Deslizando silenciosamente através da sala, ela colocou um bilhete em frente ao distinto homem.

Lorde Cornelly espiou o papel.

— MacWhirter? MacWhirter? Quem é esse? Nunca ouvi falar. Ele tem hora marcada?

A secretária loira disse que sim.

— MacWhirter, hein? Ah, sim, *MacWhirter*! É *aquele* sujeito! É claro. Diga a ele para entrar. Que entre agora mesmo.

Lorde Cornelly sorriu, contente. Estava com um ótimo humor.

Jogando o corpo para trás na cadeira, encarou o rosto sério do homem que havia convidado para uma entrevista.

— Você é o MacWhirter? Angus MacWhirter?

— Esse é meu nome.

MacWhirter falou com firmeza, permanecendo bem ereto e sério.

— Você trabalhava com Herbert Clay? É isso, não é?

— Sim.

Lorde Cornelly sorriu novamente.

— Sei tudo sobre você. Clay teve a licença para dirigir suspensa porque você não quis corroborar a história dele e jurar que ele estava a 50km/h! O homem estava furioso com isso! — O sorriso aumentou. — Contou para todo mundo no Savoy Grill. "Aquele escocês teimoso!", foi o que ele disse! Falou a respeito sem parar. Sabe no que eu estava pensando enquanto isso?

— Não faço a menor ideia.

O tom usado por MacWhirter era impaciente. Lorde Cornelly não fez caso. Estava gostando de rememorar as próprias reações.

— Pensei comigo mesmo: "Esse é o tipo de sujeito de que preciso! Alguém que não vai mentir por um suborno". Você não vai precisar contar mentiras por *mim*. Não é assim que faço meus negócios. Estou sempre procurando homens honestos, e há muito poucos deles!

Ele gargalhou de forma estridente, seu rosto retorcido pela risada. MacWhirter permaneceu firme, sem demonstrar simpatia.

Lorde Cornelly parou de rir. Mostrou-se atento, alerta.

— Se quiser um emprego, MacWhirter, posso lhe oferecer um.

— Eu gostaria de um emprego.

— É um trabalho importante. Um trabalho que só pode ser entregue a alguém com boas qualificações, e você as tem de sobra, já me certifiquei disso, alguém em quem se pode confiar de maneira absoluta.

Lorde Cornelly esperou, mas MacWhirter não disse nada.

— E então, homem, posso confiar em você?

MacWhirter falou com aspereza:

— Não pode ter certeza disso só por me ouvir dizer que sim.

Lorde Cornelly riu.

— Você serve. É realmente o homem que estou procurando. Conhece um pouco da América do Sul?

Ele entrou em detalhes. Meia hora depois, MacWhirter estava na calçada e era alguém que conseguira um emprego interessante e muito bem-remunerado, um emprego que prometia um futuro.

O destino, depois de ter sido cruel, resolvera sorrir para ele. Mas MacWhirter não estava disposto a sorrir de volta. Não se sentia contente, ainda que seu senso de humor fosse um pouco provocado quando se lembrava da entrevista. Havia certa justiça poética no fato de ter sido a reclamação do ex-patrão a seu respeito que lhe garantira o presente sucesso.

Concluiu que tivera sorte. Não que se importasse com isso! Estava disposto tão somente a encarar a tarefa de viver, sem entusiasmo, sem prazer, com uma disposição de espírito metódica, um dia depois do outro. Sete meses antes, tentara tirar a própria vida; o acaso, nada além do acaso, interferira, mas ele não se sentia grato. É verdade que já não estava disposto a se matar. Essa fase tinha realmente passado. Admitira que não se pode tirar a própria vida a sangue-frio. Era necessário que houvesse um momento de desespero, de luto, de sofrimento. Não se pode cometer suicídio apenas por sentir que a vida é uma sucessão aborrecida de acontecimentos desinteressantes.

Afinal de contas, estava satisfeito que o trabalho fosse tirá-lo da Inglaterra. Zarparia para a América do Sul no final de setembro. As semanas seguintes seriam ocupadas organizando certos equipamentos necessários e tomando ciência de ramificações complicadas do negócio.

Teria uma semana livre antes de sair do país. O que deveria fazer naquela semana? Ficar em Londres? Viajar?

Uma ideia se agitou em sua mente nebulosa.

Saltcreek?

"Eu até que estou disposto a ir até lá", disse MacWhirter para si mesmo.

"Isso seria", pensou ele, "uma diversão sinistra."

*19 de agosto*

— Lá se vão minhas férias — disse o Superintendente Battle, aborrecido.

Mrs. Battle estava desapontada, mas vários anos sendo casada com um policial a tinham preparado para aceitar desapontamentos com altivez.

— Bem, não há o que fazer — disse ela. — Imagino que *seja* um caso intrigante?

— Não a ponto de interessá-la, mas deixou o Ministério de Relações Exteriores em polvorosa. Todos aqueles jovens altos e magros para lá e para cá, aos sussurros. No fim tudo vai acabar se resolvendo sem problemas para ninguém. Mas não é o tipo de caso que eu incluiria nas minhas memórias, supondo que eu fosse tolo o bastante para escrevê-las.

— Podemos adiar as férias… — começou Mrs. Battle, hesitante, mas o marido a interrompeu de forma decidida.

— Nem comece. Você e as meninas vão para Britlington, os quartos estão reservados desde março e seria uma pena desperdiçá-los. Já sei o que fazer. Vou passar uma semana com Jim até que tudo se acalme.

Jim, sobrinho do Superintendente Battle, era o Inspetor James Leach.

— Saltington é perto de Easterhead Bay e Saltcreek — disse ele. — Poderei respirar um pouco de ar marinho e até dar um mergulho.

Mrs. Battle torceu o nariz.

— É mais provável que ele o convença a ajudar com algum caso!

— Não há casos nesta época do ano, a não ser que alguém resolva furtar qualquer coisa no mercado. Seja como for, Jim é competente, não precisa de ajuda.

— Tudo bem — disse Mrs. Battle. — Imagino que dará tudo certo, mas fiquei desapontada.

— São provações que nos são enviadas — assegurou o Superintendente Battle.

# Branca de Neve e Rosa Vermelha

Quando saiu do trem, Thomas Royde encontrou Mary Aldin esperando por ele na plataforma de Saltington.

Tinha apenas uma vaga recordação dela e, quando a viu novamente, ficou surpreso e satisfeito com seu jeito prático e competente de lidar com as coisas.

Ela o chamou pelo primeiro nome.

— Como é bom vê-lo, Thomas, depois de tantos anos.

— Estão sendo gentis em me hospedar. Espero não estar incomodando.

— É claro que não. Pelo contrário, você será muito bem-vindo. Aquele é seu carregador? Diga para trazer sua bagagem por aqui. O carro está ali na frente.

As malas foram colocadas no Ford. Mary sentou-se no banco do motorista, com Royde ao seu lado. Thomas percebeu que ela era boa motorista, habilidosa, cuidadosa e com boa noção das distâncias e dos espaços.

Saltington ficava a sete milhas de Saltcreek. Quando já tinham saído da vila e rodavam pela autoestrada, Mary Aldin voltou ao assunto da visita de Thomas.

— Sua presença aqui, neste momento, é uma benção. A situação está um pouco difícil, e alguém de fora, ou quase de fora, é exatamente do que precisamos.

— Qual é o problema?

O jeito dele era, como sempre, indiferente, quase indolente. Parecia ter perguntado mais por educação do que por curiosidade. Mas tal comportamento era conveniente para Mary Aldin, pois ela queria conversar, mas preferia que fosse com alguém que não estivesse muito interessado.

— A situação é um pouco complicada. Audrey está aqui, como você deve saber.

Ela fez uma pausa, e Thomas Royde assentiu.

— E também Nevile, com a esposa.

As sobrancelhas de Thomas Royde se levantaram. Depois de um ou dois minutos, ele disse:

— Um pouco constrangedor, não?

— É, sim. Foi ideia de Nevile.

Ela esperou. Royde não disse nada, mas, como se sentisse uma onda de descrença emanando dele, repetiu com insistência:

— *Foi* ideia de Nevile.

— Por quê?

Ela levantou as mãos da direção por um instante.

— Ah, querem ser modernos! Muito razoáveis e amigáveis. Essa é a ideia. Mas não acho que esteja funcionando muito bem.

— Posso imaginar. Como é a nova esposa?

— Kay? Bonita, é claro. Muito bonita. E bem jovem.

— E Nevile gosta dela?

— Ah, sim. Mas estão casados há apenas um ano.

Thomas Royde se virou devagar para ela. Sua boca esboçou um ligeiro sorriso. Mary se corrigiu:

— Não foi bem isso que eu quis dizer.

— Vamos, Mary, acho que quis, sim.

— Não se pode ignorar que eles têm muito pouco em comum. Os amigos, por exemplo...

Ela se interrompeu.

— Ele a conheceu na Riviera, não foi? — perguntou Royde.

— Não sei muito a respeito. Só os fatos que mamãe me contou, por carta.

— Eles se encontraram pela primeira vez em Cannes. Nevile ficou atraído, mas imagino que já tivesse ficado atraído por outras, de uma maneira inofensiva. Ainda acho que, se tudo tivesse dependido somente dele, nada teria acontecido. Nevile *gostava* de Audrey.

Thomas concordou.

— Eu não acho que ele acabaria com o casamento — continuou Mary. — Tenho certeza de que não o faria. Mas a garota estava totalmente decidida. Não descansou enquanto não conseguiu que ele deixasse a esposa. E como fica um homem nessas circunstâncias? Lisonjeado, é claro.

— Ela estava caidinha de amores por ele, é isso?

— Pode ser que estivesse.

O tom de Mary era duvidoso. O olhar inquisidor dele a fez enrubescer.

— Como eu sou maliciosa! É que há um jovem que está sempre por perto, bonito, com um jeito de gigolô. É um velho amigo dela. E não posso evitar me perguntar que importância teve o fato de Nevile ser rico e famoso. A garota não tinha onde cair morta, pelo que eu saiba.

Ela parou, parecendo envergonhada. Thomas Royde apenas murmurou "hum", como se especulasse.

— Pode ser só maldade minha — disse Mary. — Ela é o que se costuma chamar de glamourosa, e isso talvez incite os instintos maliciosos de solteironas de meia-idade.

Royde olhou para ela, pensativo, mas seu rosto impassível não demonstrava nenhuma reação. Depois de um minuto ou dois, ele disse:

— Mas, afinal, qual é o problema no momento?

— Para dizer a verdade, não faço ideia. É isso que é tão estranho. Consultamos Audrey primeiro, é claro, e ela não pareceu se incomodar em conhecer Kay, foi até muito graciosa a respeito. Ela *é* muito graciosa. Ninguém poderia ser mais gentil. Audrey é sempre muito correta em tudo o que faz. O comportamento dela com os dois é irrepreensível. Ela é muito reservada, você sabe, é difícil saber o que realmente está pensando ou sentindo, mas eu sinceramente acho que ela *não se importa.*

— Não teria razão para se importar — disse Thomas Royde. Depois, acrescentou: — Afinal, já se passaram três anos.

— Mas será que pessoas como Audrey esquecem? Ela gostava muito de Nevile.

Thomas Royde se mexeu no banco.

— Ela só tem 32 anos. Tem a vida inteira pela frente.

— Sei disso, mas *foi* duro para ela. Teve um colapso nervoso, sabia?

— Eu sei. Mamãe me contou.

— De certa forma — disse Mary —, acho que foi bom para sua mãe ter Audrey para cuidar. Ajudou-a a se distrair do luto pela morte do seu irmão. Ficamos tão abalados com aquilo.

— Sim, pobre Adrian. Sempre dirigiu em alta velocidade.

Houve uma pausa. Mary sinalizou com a mão que pretendia tomar a saída que os levaria a Saltcreek.

Enquanto desciam pela sinuosa estrada, ela perguntou:

— Thomas, você conhece Audrey bem?

— Mais ou menos. Não a vejo há pelo menos dez anos.

— Mas a conheceu quando era criança. Ela foi como uma irmã para você e Adrian?

Ele assentiu.

— Ela era... instável de alguma forma? Ai, não me entenda mal. É que eu sinto que há algo muito errado com ela agora. Está tão completamente desligada, sua postura é de uma perfeição tão irreal, que eu me pergunto o que está por trás dessa fachada. Às vezes pressinto alguma forte emoção, mas não sei dizer ao certo qual! Não acho que ela esteja *normal*. Acho que *alguma coisa* está errada, e isso me preocupa. Talvez o ambiente da casa esteja nos afetando a todos. Estamos nervosos, agitados, mas não sei dizer o que há. E em certos momentos isso me assusta.

— Assusta?

O tom curioso dele a fez se recompor, com um riso nervoso.

— Sei que soa absurdo... Mas é como eu disse, sua chegada fará bem a todos. Será uma distração. Chegamos.

Tinham feito a última curva. A Bico da Gaivota ficava em um planalto de pedra, de frente para o rio, com penhascos em ambos os lados. Os jardins e a quadra de tênis ficavam à esquerda da casa. A garagem, uma adição recente, ficava do outro lado, ao final da estrada.

— Vou estacionar e volto daqui a pouco — disse Mary. — Hurstall vai ajudá-lo.

Hurstall, o velho mordomo, cumprimentou Thomas com a alegria de um velho amigo.

— Muito feliz em vê-lo, Mr. Royde, depois de tantos anos. Lady Tressilian também ficará feliz. O quarto leste será seu, senhor. Encontrará todos no jardim, a não ser que queria ir até o quarto primeiro.

Thomas negou com a cabeça. Atravessou a sala de estar e foi até a porta que dava para o terraço. Ficou ali por um momento, observando sem ser visto.

Só havia duas mulheres no terraço. Uma delas estava sentada no canto da balaustrada, olhando para a água. A outra a observava.

A primeira era Audrey. A outra devia ser Kay Strange. Kay não sabia que ele podia vê-la e não tentava disfarçar a expressão. Thomas Royde talvez não fosse grande conhecedor da natureza feminina, mas não podia deixar de perceber que Kay Strange detestava Audrey Strange.

Quanto a Audrey, olhava para o rio, alheia ou indiferente, à presença da outra.

Fazia sete anos que Thomas não via Audrey Strange. Estudou-a com cuidado. Estaria ela mudada e, se sim, de que maneira?

Concluiu que tinha havido uma mudança. Ela estava mais magra, mais pálida, com uma aparência geral um tanto etérea. Mas havia algo mais, algo que ele não conseguia definir. Era como se ela estivesse se contendo, controlando cada um de seus movimentos, e ao mesmo tempo muito atenta a tudo o que se passava ao seu redor. "Parece alguém com um segredo", ele pensou. Mas qual segredo? Ele estava a par dos eventos que a tinham afligido nos últimos anos. Esperava rugas que expressassem tristeza e perda, mas era algo mais. Audrey parecia uma criança que, com a mão fechada em torno de um pequeno tesouro, chama atenção para aquilo que quer esconder.

Seus olhos então passaram para a outra mulher, a nova esposa de Nevile Strange. Linda, realmente. Mary Aldin tinha razão. Perigosa também, supôs. "Não confiaria nela por perto de Audrey. Se tivesse uma faca na mão..."

Ainda assim, por que ela odiaria a primeira esposa de Nevile? Aquilo tudo já estava acabado e resolvido. Audrey já não fazia parte da vida deles.

Passos soaram no terraço quando Nevile apareceu, vindo do outro lado da casa. Estava animado e trazia uma revista na mão.

— Peguei a *Illustrated Review* — disse ele. — Não achei outra...

Duas coisas aconteceram exatamente ao mesmo tempo.

— Ah, que bom, me dê aqui — disse Kay.

Audrey estendeu a mão, distraída e sem mexer a cabeça.

Nevile parou entre as duas. Seu constrangimento era visível. Antes que ele pudesse falar, a voz de Kay se ergueu com um leve tom de histeria:

— Eu quero. Entregue para mim, Nevile!

Audrey Strange se voltou, surpresa, recolheu a mão e murmurou, com um leve ar de confusão:

— Me desculpem. Achei que você estivesse falando comigo, Nevile.

Thomas Royde viu o pescoço de Nevile Strange ficar rubro, enquanto ele dava três passos adiante e entregava a revista para Audrey.

Hesitante, com crescente constrangimento, ela disse:

— Ora, mas...

Kay então empurrou sua cadeira para trás, bruscamente. Levantou-se e procurou pela porta da sala de estar. Royde não teve tempo de se mover antes que ela esbarrasse nele.

O susto a fez recuar, e ela pediu desculpas. Thomas então percebeu por que a jovem não o tinha visto: seus olhos estavam cheios de lágrimas. "Lágrimas de ódio", pensou.

— Olá — disse ela. — Quem é você? Ah, é claro, só pode ser o homem da Malásia.

— Sim — respondeu Thomas. — Sou o homem da Malásia.

— Eu queria estar na Malásia — disse Kay. — Em qualquer lugar exceto aqui! Odeio esta maldita casa! Odeio todo mundo aqui!

Cenas sentimentais sempre deixavam Thomas desconfortável. Ele olhou para Kay sem jeito e murmurou com nervosismo:

— Ah, sei.

— Se não tomarem muito cuidado — disse Kay —, vou acabar matando alguém. Ou Nevile, ou aquela vaca branquela!

Ela saiu da sala, batendo a porta.

Thomas Royde ficou imóvel, em choque. Não tinha certeza do que fazer a seguir, mas estava feliz que a jovem tivesse ido embora. Olhou para a porta que ela tinha batido com tanta força. Uma tigresa, a nova Mrs. Strange.

A sala escureceu quando Nevile Strange parou na porta do terraço. Estava ofegante.

Cumprimentou Thomas sem muita convicção.

— Oi, Royde. Não sabia que estava aqui. Viu minha esposa?

— Passou por aqui há um minuto.

Nevile também saiu da sala de estar. Parecia aborrecido.

Thomas Royde passou pela porta, lentamente. Tinha os passos leves, e foi só depois de ter andado alguns metros que Audrey se virou.

Ele então viu seus olhos ficarem mais abertos e sua boca se abrir. Ela desceu da balaustrada e foi até ele com as mãos estendidas.

— Ah, Thomas — disse ela. — Thomas, querido! Como estou feliz por você ter vindo.

Conforme o homem tomou as pequenas mãos de Audrey nas suas e se inclinou até ela, Mary Aldin surgiu na porta. Vendo os dois ali no terraço ela parou, observou-os por um momento e então voltou para dentro da casa.

No andar de cima, Nevile encontrara Kay no quarto. O único quarto de casal do lugar era o de Lady Tressilian. Casais de hóspedes ficavam no par de quartos que contavam com uma porta interna e um banheiro, no lado oeste da casa. Era como um pequeno e isolado anexo.

Nevile passou pelo próprio quarto e entrou no da esposa. Kay tinha se jogado na cama. Levantando o rosto coberto de lágrimas, ela gritou:

— Então você veio! Finalmente!

— Mas do que você está falando? Ficou louca, Kay?

Nevile falou baixo, mas as narinas dilatadas revelavam sua raiva.

— Por que você entregou a *Illustrated Review* para ela e não para mim?

— Francamente, Kay, você parece criança! Toda essa cena por causa de uma porcaria de revista.

— Você entregou para ela e não para mim — repetiu Kay, obstinada.

— E daí? Que importância tem isso?

— É importante para mim.

— Não entendo qual é o seu problema. Não pode se comportar de forma histérica quando está hospedada na casa de outras pessoas. Não sabe se comportar em público?

— Por que você entregou para Audrey?

— Porque ela queria.

— Eu também queria, e sou sua esposa.

— Era mais apropriado eu deixar a revista com a pessoa mais velha e que, tecnicamente, não é da família.

— Ela me humilhou! Ela queria me humilhar e conseguiu. Você ficou do lado dela!

— Você está falando como uma criança mimada e ciumenta. Pelo amor de Deus, controle-se, e tente se comportar adequadamente em público!

— Quer que eu me comporte como ela, suponho?

Nevile falou com voz fria:

— Pelo menos Audrey se comporta como uma dama. Não fica fazendo cenas.

— Ela está virando você contra mim! Ela me odeia e quer se vingar.

— Olha, Kay, deixe de melodrama e de bobagem. Estou cansado!

— Então vamos embora! Vamos embora amanhã. Eu detesto este lugar!

— Faz só quatro dias que estamos aqui.

— Já é o bastante! Vamos embora, Nevile.

— Escute, Kay, estou cansado dessa história. Viemos para ficar duas semanas e eu vou ficar duas semanas.

— Se fizer isso — ameaçou Kay —, vai se arrepender. Você e Audrey! Você a acha tão maravilhosa!

— Eu não acho que ela seja maravilhosa. Acho que é uma pessoa muito gentil, a quem tratei mal e que foi muito generosa em me perdoar.

— É aí que você está errado — disse Kay, se levantando da cama. Sua raiva tinha passado. Ela falou de forma séria, quase solene.— Audrey não o perdoou, Nevile. Uma ou duas vezes eu a vi olhando para você... Não sei o que se passa na cabeça dela, mas ali tem coisa. Ela não deixa ninguém perceber o que está pensando.

— É uma pena que não haja mais pessoas assim.

Kay ficou muito pálida.

— Está falando de mim? — Havia um timbre perigoso em sua voz.

— Bem, você não é muito discreta, é? Todo tipo de raiva e ressentimento que lhe vem à cabeça, você põe diretamente para fora. Passa por tola e me faz passar por tolo!

— Terminou?

A voz dela era gélida.

Ele respondeu no mesmo tom:

— Lamento que tenha se sentido injustiçada. Mas a verdade é que você tem o autocontrole de uma criança.

— E você nunca perde a cabeça, não é? Sempre charmoso, elegante e controlado. Acho que nem tem sentimentos. Você não passa de um *peixe*, um maldito *peixe* de sangue frio! Por que não se solta de vez em quando? Por que não grita comigo, me xinga, me manda para o inferno?

Nevile suspirou. Seus ombros ficaram caídos.

— Ah, meu Deus — disse ele, se virando e saindo do quarto.

— Você parece que ainda tem 17 anos, Thomas Royde — disse Lady Tressilian. — O mesmo ar de coruja. E continua tão calado hoje quanto naquela época. Por quê?

Thomas respondeu de forma vaga.

— Não sei. Nunca fui muito de papo.

— Diferente de Adrian, que tinha uma conversa inteligente e divertida.

— Talvez seja esse o motivo. Eu deixava a falação para ele.

— Pobre Adrian. Tanto potencial.

Thomas assentiu.

Lady Tressilian mudou de assunto. Estava concedendo uma audiência a Thomas. Preferia encontrar-se com seus visitantes separadamente, assim não se cansava e podia concentrar sua atenção.

— Está aqui há 24 horas — disse ela. — O que acha da nossa situação?

— Que situação?

— Não se faça de bobo. Você faz isso de propósito. Sabe muito bem do que estou falando. Do triângulo amoroso que se formou sob meu teto.

Thomas foi cuidadoso.

— Parece haver certo atrito.

Lady Tressilian sorriu diabolicamente.

— Devo confessar, Thomas, que estou me divertindo. Eu não queria nada disso, tentei ao máximo evitar que acontecesse. Mas Nevile é teimoso. Insistiu em fazer as duas se encontrarem e agora está colhendo o que plantou!

Thomas Royde se mexeu na cadeira.

— É estranho — disse ele.

— Como assim? — retrucou Lady Tressilian.

— Não achava que Strange fosse esse tipo de sujeito.

— É curioso que você diga isso, porque foi o que também pensei. Não é o estilo de Nevile. Como a maioria dos homens, ele procura evitar qualquer tipo de constrangimento ou situação desagradável. Eu suspeitei que a ideia talvez não tivesse sido dele, mas não vejo de quem pode ter sido.

Ela fez uma pausa e então acrescentou, com leve inflexão interrogativa:

— Teria sido de Audrey?

— Não. De Audrey, não — respondeu Thomas, prontamente.

— Não posso acreditar que tenha sido da infeliz jovem, Kay. A menos que seja uma atriz formidável. Quase chego a sentir pena dela.

— Não gosta muito dela, não é mesmo? — perguntou Thomas.

— Não. Parece-me fútil e deselegante. Mas, como eu disse, começo a sentir pena dela. Está mais atrapalhada que um inseto voejando em torno de uma lâmpada. Não sabe o que fazer. Recorre a chiliques, mau humor, grosseria infantil, comportamentos que têm um péssimo efeito sobre um homem como Nevile.

— Acho que é Audrey quem está numa posição difícil — disse Thomas.

O olhar de Lady Tressilian foi incisivo.

— Você sempre foi apaixonado por Audrey, não é?

— Acho que sim — respondeu ele, imperturbável.

— Desde que eram crianças?

Ele assentiu.

— E então Nevile apareceu e a tomou debaixo do seu nariz?

Ele ficou desconfortável.

— Bem, eu sempre soube que não tinha chance.

— Derrotista.

— Sempre fui meio sem graça.

— Molenga.

— O bom e velho Thomas, é assim que Audrey pensa em mim.

— Thomas Fiel — disse Lady Tressilian. — Era o seu apelido, não?

Ele sorriu com aquelas palavras, que traziam memórias de infância.

— Engraçado, não ouvia isso há anos.

— Seria uma boa reputação, nos dias de hoje — comentou Lady Tressilian. Ela o encarou deliberadamente. — Fidelidade é uma qualidade muito valorizada por qualquer um que tenha passado pelo que Audrey passou — disse ela. — A devoção canina de uma vida inteira, Thomas, às vezes é recompensada.

Thomas Royde olhou para o chão, seus dedos atrapalhados com o cachimbo.

— Voltei para casa com essa esperança — disse ele.

— Aqui estamos todos — disse Mary Aldin.

Hurstall, o velho mordomo, passou o lenço pela testa. Quando ele entrou na cozinha, Mrs. Spicer, a cozinheira, comentou a respeito de sua aparência.

— Não me sinto bem, de fato — disse Hurstall. — Se posso ser franco, tudo o que se diz e se faz nesta casa atualmente significa algo diferente do que aparenta. Se é que me entende.

Mrs. Spicer não pareceu entender, de modo que Hurstall continuou:

— Miss Aldin, agora mesmo, quando todos se sentaram para jantar, disse: "Aqui estamos todos". Só isso já me deixou arrepiado. Me lembrou um domador com uma jaula cheia de animais selvagens, e de repente a porta da jaula se fecha. Senti como se estivéssemos todos presos em uma armadilha.

— Ora, Mr. Hurstall — disse Mrs. Spicer —, o senhor deve ter comido alguma coisa que lhe fez mal.

— O problema não é a minha digestão, é o fato de todos estarem tão nervosos. Quando a porta da frente bateu, Mrs. Strange, a nossa Mrs. Strange, Miss Audrey, pulou como se tivesse levado um tiro. E os silêncios. Muito estranhos.

É como se, de uma hora para outra, todos tivessem medo de falar. E então, de repente, começam a dizer tudo que lhes passa pela cabeça.

— Isso deixa qualquer um constrangido — disse Mrs. Spicer.

— Duas Mrs. Strange na mesma casa. Eu só acho que não é *decente*.

Na sala de jantar, fazia-se um dos silêncios descritos por Hurstall.

Foi com bastante esforço que Mary Aldin se voltou para Kay e disse:

— Convidei seu amigo, Mr. Latimer, para jantar conosco amanhã.

— Ah, que bom — disse Kay.

— Latimer? — indagou Nevile. — Ele está por aqui?

— Está ficando no Hotel Easterhead Bay — respondeu Kay.

— Podíamos ir até lá jantar uma noite dessas. Até que horas funciona a barca?

— Até 1h30 — disse Mary.

— Imagino que façam bailes à noite?

— A maioria dos hóspedes deve ter uns cem anos — disse Kay.

— Não deve ser muito divertido para seu amigo — retrucou Nevile.

Mary interveio depressa:

— Podemos ir nadar em Easterhead Bay. Ainda está calor e a praia é linda, com areia macia.

Thomas Royde disse em voz baixa, para Audrey:

— Pensei em velejar amanhã. Gostaria de vir?

— Gostaria, sim.

— Podemos todos sair para velejar — sugeriu Nevile.

— Você tinha dito que queria jogar golfe — disse Kay.

— Pensei mesmo em ir até o campo de golfe. Meus lances com o taco de madeira andam muito ruins.

— Que tragédia! — disse Kay.

Nevile respondeu, com bom humor:

— O golfe é um jogo trágico.

Mary perguntou se Kay jogava golfe.

— Eu tento.

— Kay jogaria muito bem se dedicasse um pouco de tempo a isso — comentou Nevile. — Ela tem um gingado natural.

Kay se virou para Audrey.

— Você não pratica nenhum esporte, verdade?

— Não. Tentei jogar um pouco de tênis, mas sou um desastre.

— Ainda toca piano, Audrey? — perguntou Thomas.

Ela balançou a cabeça.

— Não mais.

— Você tocava muito bem — disse Nevile.

— Achei que não gostasse de música, Nevile — interveio Kay.

— Não entendo muito do assunto — comentou Nevile. — Sempre fiquei admirado de Audrey conseguir alcançar uma oitava, com mãos tão pequenas.

Ele estava observando as mãos da ex-esposa enquanto ela pousava seus talheres de sobremesa. Audrey enrubesceu e respondeu:

— Tenho um dedo mínimo bastante longo, acho que isso ajuda.

— Você deve ser egoísta, então. Pessoas altruístas têm o dedo mínimo curto — disse Kay.

— É mesmo? — perguntou Mary Aldin. — Então eu devo ser muito altruísta. Vejam, meus dedos mínimos são bem curtos.

— Acho que você é muito altruísta — disse Thomas Royde, olhando para ela, pensativo.

Ela ficou vermelha, mas continuou:

— Quem será o mais altruísta de nós? Vamos comparar os dedos mínimos. Os meus são mais curtos que os seus, Kay. Mas acho que Thomas ganha de mim.

— Eu ganho dos dois. Vejam — disse Nevile, estendendo uma mão.

— Está mostrando apenas uma mão — disse Kay. — Seu dedo mínimo esquerdo é curto, mas o direito é muito mais longo. A mão esquerda representa como nascemos, a mão direita é o que fazemos da nossa vida. Isso quer dizer que você nasceu altruísta, mas ficou mais egoísta com o tempo.

— Sabe ler a sorte, Kay? — perguntou Mary Aldin, estendendo a mão com a palma para cima. — Uma vidente me disse que eu teria dois maridos e três filhos. Acho que preciso me apressar!

— Essas linhas cruzadas não são filhos, são viagens — afirmou a jovem. — Significam que você fará três viagens longas.

— Não parece muito provável — disse Mary Aldin.

— Já viajou muito? — perguntou Thomas Royde.

— Não, praticamente nada.

Ele percebeu o tom de desapontamento na voz da mulher.

— Gostaria de viajar?

— Mais do que tudo.

Do seu jeito lento e pensativo, Thomas refletiu sobre a vida de Mary. Sempre cuidando da velha senhora. Calma, cheia de tato, excelente administradora.

— Há quanto tempo vive com Lady Tressilian? — perguntou ele.

— Quase quinze anos. Vim morar com ela depois que meu pai morreu. Ele esteve inválido por alguns anos antes de morrer. — E então, respondendo à questão que sentiu que ele não faria em voz alta: — Tenho 36 anos. É o que queria saber, não é?

— Estava me perguntando isso — admitiu ele. — Você poderia ter... qualquer idade.

— Esse é um comentário bem ambíguo!

— É mesmo. Não me leve a mal.

O olhar pensativo dele não se afastou do rosto de Mary, mas ela não se sentiu constrangida, pois era um interesse genuíno. Percebendo o olhar dele para seu cabelo, a mulher pôs a mão na mecha branca.

— Tenho essa mecha desde muito jovem.

— Gosto dela — disse Thomas Royde.

Continuou a olhar para ela, até que, em um tom de voz divertido, Mary questionou:

— Bem, qual o veredito?

Ele ficou vermelho, mesmo com a pele bronzeada.

— Acho que estou sendo grosseiro ao encará-la. Só estava me perguntando como você... como você realmente é.

— Por favor — disse ela, e se levantou da mesa. Indo em direção à sala de estar, de braços dados com Audrey, ela comentou: — Mr. Treves também virá para o jantar, amanhã.

— Quem é esse? — perguntou Nevile.

— Ele traz uma carta de apresentação de Lorde Rufus. É um senhor agradável. Está hospedado no Balmoral Court. Tem o coração fraco e parece bastante frágil, mas está perfeitamente lúcido e já conheceu muita gente interessante. Ele era advogado ou coisa assim.

— Todos aqui são tão velhos — disse Kay com desagrado.

Ela estava sob uma lâmpada alta. Thomas estava olhando naquela direção, e dedicou a ela a mesma atenção interessada que dedicava a tudo o que ocupasse sua linha de visão.

Ficou impressionado com sua beleza intensa e sedutora. Uma beleza de cores vivas, com uma abundante e triunfante vitalidade. Transferiu o olhar dela para Audrey, pálida como uma mariposa em seu vestido cinzento.

Ele sorriu para si mesmo e murmurou:

— Branca de Neve e Rosa Vermelha.

— O quê? — Era Mary Aldin, ao seu lado.

Ele repetiu as palavras.

— Como no conto de fadas...

— É uma boa descrição — disse Mary Aldin.

Mr. Treves deu um gole satisfeito em seu vinho do porto. Era um vinho muito bom, e o jantar estava excelente. Lady Tressilian claramente não tinha dificuldades com a criadagem.

A casa era bem-cuidada, também, apesar de sua senhora estar acamada.

Uma pena que as mulheres não tivessem se retirado quando o vinho do porto foi servido. Ele teria preferido a tradição. Mas os jovens fazem as coisas do seu próprio jeito.

Seus olhos recaíram pensativos sobre a bela e jovem esposa de Nevile Strange.

Aquela era a noite de Kay. Sua beleza estava radiante na sala iluminada por velas. Ted Latimer estava ao seu lado, com a cabeça inclinada para ela, chamando a atenção para a amiga Kay, que se sentia triunfante e segura de si.

A mera visão daquela vitalidade aqueceu os velhos ossos de Mr. Treves.

A juventude, nada como a juventude!

Era compreensível que o marido tivesse perdido a cabeça e se separado da primeira esposa. Audrey estava sentada ao seu lado. Elegante e gentil, mas eram justamente essas mulheres que acabavam sendo deixadas, segundo ele.

Olhou para a mulher. De cabeça baixa, Audrey olhava para o prato. Algo em sua completa imobilidade impressionou Mr. Treves. Prestou mais atenção. Perguntou-se o que ela poderia estar pensando. Achou charmosa a maneira como o cabelo dava a volta na delicada orelha...

Surpreso, Mr. Treves caiu em si ao perceber que havia uma movimentação. Ficou de pé, apressado.

Na sala de estar, Kay Strange foi direto ao gramofone e colocou um disco de música dançante.

Mary Aldin disse a Mr. Treves, em um tom de desculpas:

— O senhor deve detestar jazz.

— De modo algum — disse ele, uma mentira educada.

— Mais tarde talvez possamos organizar um jogo de bridge? — sugeriu ela. — Não compensa começar uma partida agora, pois Lady Tressilian o aguarda para uma conversa.

— Será um prazer. Lady Tressilian nunca vem ao andar de baixo?

— Não. Ela costumava vir, numa cadeira de rodas. Foi por isso que instalamos um elevador. Mas, nos últimos tempos, prefere ficar no quarto. Lá ela pode conversar com quem quiser, convocando audiências como se fosse da realeza.

— Muito bem colocado, Miss Aldin. Aprecio o toque de nobreza na conduta de Lady Tressilian.

No meio da sala, Kay se movia devagar em um passo de dança.

— Tire a mesa do caminho, Nevile — ordenou ela.

Sua voz mostrava autoridade e segurança. Seus olhos brilhavam e seus lábios não se tocavam.

Obediente, Nevile afastou a mesa. Depois, foi até ela, mas a jovem se virou deliberadamente na direção de Ted Latimer.

— Venha, Ted, vamos dançar.

Os braços de Ted a enlaçaram sem perder tempo. Eles dançaram, deslizando, requebrando, seus passos em perfeita sincronia. Era uma performance admirável.

Mr. Treves murmurou:

— Parecem até... profissionais.

Mary Aldin ficou incomodada com aquela palavra, ainda que Mr. Treves falasse apenas com admiração. Ela olhou para o rosto sábio e enrugado do homem. Achou que ele tinha uma expressão distraída, como se estivesse perseguindo os próprios pensamentos.

Nevile ficou em dúvida por um momento, depois foi até a janela, onde estava Audrey.

— Quer dançar, Audrey?

O tom dele foi formal, quase frio, um gesto motivado por mera polidez. Audrey Strange hesitou um momento, mas assentiu e deu um passo na direção dele.

Mary Aldin fez algum comentário ao qual Mr. Treves não respondeu. Ele ainda não dera sinal de surdez e era perfeitamente cortês, de modo que ela concluiu que o homem estava absorto. Não saberia dizer se ele observava os dançarinos ou encarava Thomas Royde, sozinho do outro lado da sala.

De repente, Mr. Treves disse:

— Perdão, madame, o que a senhora dizia?

— Nada. Somente que está muito agradável para setembro.

— De fato. Disseram no hotel que a região está precisando de chuvas.

— Está instalado de maneira confortável, espero?

— Ah, sim, embora tenha sido um aborrecimento descobrir que...

Mr. Treves se interrompeu.

Audrey tinha se separado de Nevile. Desculpando-se com um sorriso, ela disse:

— Está muito quente para dançar.

Ela passou pela porta e foi até o terraço.

— Vá até ela, seu tolo — murmurou Mary.

Ela não pretendera ser ouvida, mas falou alto o bastante para que Mr. Treves se virasse e a olhasse com assombro.

Ela enrubesceu e soltou um riso nervoso.

— Estou pensando alto — disse. — Mas ele realmente me irrita. É tão *lento*.

— Mr. Strange?

— Não falo de Nevile, mas de Thomas Royde.

Thomas Royde estava justamente prestes a se mover, mas antes disso Nevile, depois de uma breve pausa, foi atrás de Audrey.

Por um momento, os olhos de Mr. Treves miraram a porta, com interesse especulativo, e depois sua atenção voltou aos dançarinos.

— Dança bem o jovem... Latimer, você disse que ele se chama?

— Sim, Edward Latimer.

— Ah, sim, Edward Latimer. Um velho amigo, pelo que entendo, de Mrs. Strange?

— Exato.

— E o que esse jovem tão... decorativo faz da vida?

— Bem, eu realmente não sei.

— Percebo — disse Mr. Treves, colocando uma dose considerável de entendimento em uma única palavra.

— Está hospedado no Hotel Easterhead Bay — continuou Mary.

— Muito confortável — disse Mr. Treves. Depois de um momento, ele acrescentou: — O formato da cabeça dele é interessante. Tem um ângulo estranho entre o topo e o pescoço. Quase não se nota por causa do corte do cabelo, mas é incomum. — Depois de outra pausa, ele continuou: — O último homem que eu conheci com uma cabeça desse tipo foi condenado a dez anos de cadeia por uma agressão brutal a um velho joalheiro.

— O senhor não pretende sugerir... — arriscou Mary.

— É claro que não, claro que não — disse Mr. Treves. — Está me entendendo mal. Não pretendo insultar seu convidado. Quis apenas observar que um criminoso brutal pode ter a aparência de um jovem encantador. É estranho, mas é assim.

Ele sorriu com gentileza.

— Sabe, Mr. Treves — disse Mary —, acho que tenho um pouco de medo do senhor.

— Bobagem, minha querida.

— Tenho, sim. O senhor é... um observador astuto.

— Meus olhos continuam tão bons quanto sempre foram — explicou ele, complacente. — Se isso é bom ou ruim, ainda não posso dizer.

— Como poderia ser ruim?

Mr. Treves balançou a cabeça, incerto.

— Às vezes ficamos em uma situação de responsabilidade. Nem sempre é fácil decidir o melhor caminho a tomar.

Hurstall entrou, trazendo uma bandeja com café.

Depois de servir Mary e o velho advogado, ele foi até o outro lado da sala, onde estava Thomas Royde. Então, instruído por Mary, deixou a bandeja sobre uma mesinha e saiu da sala.

Kay disse, por cima do ombro de Ted:

— Vamos só terminar esta dança.

— Vou levar o café de Audrey — avisou Mary.

Ela saiu pela porta com a xícara na mão. Mr. Treves a acompanhou. Quando ela parou na porta, o homem observou a cena diante deles.

Audrey estava sentada na balaustrada. Sob a clara luz da lua, sua beleza ganhava vida, uma beleza que vinha das formas, e não das cores. A bela linha entre o maxilar e a orelha, a suavidade do queixo e da boca, os ossos delicados da cabeça e o nariz pequeno e reto. Aquela beleza ainda persistiria quando Audrey fosse idosa, pois não tinha relação com a pele, os próprios ossos é que eram bonitos. Seu vestido de lantejoulas acentuava o efeito do luar. Ela estava imóvel, e Nevile Strange, de pé, a olhava.

Ele deu um passo à frente.

— Audrey, você... — disse.

Ela mudou de posição, depois desceu e colocou a mão na orelha.

— Ah! Meu brinco... deve ter caído.

— Onde? Deixe-me procurar...

Os dois se inclinaram e acabaram se encostando, constrangidos. Audrey se levantou, rápida.

— Espere um segundo, o botão da minha manga ficou preso no seu cabelo — disse Nevile. — Não se mexa.

Ela ficou imóvel enquanto o ex-marido se atrapalhava com o botão.

— Ai, está puxando meu cabelo. Como você é desajeitado, Nevile, ande logo.

— Desculpe, eu... estou mesmo meio atrapalhado.

O luar era claro o bastante para que os dois espectadores vissem o que Audrey não podia ver: as mãos trêmulas de Nevile, que lutavam para desembaraçar uma mecha de cabelo prateado.

Mas Audrey também tremia, como se de repente tivesse ficado com frio.

Mary Aldin se assustou quando alguém disse, em voz baixa, atrás dela:

— Com licença.

Thomas Royde passou por eles.

— Quer que eu cuide disso, Strange? — perguntou ele.

Nevile se endireitou, e ele e Audrey se afastaram.

— Está tudo bem. Já consegui.

Nevile estava pálido.

— Você está com frio — disse Thomas a Audrey. — Venha para dentro tomar um café.

Audrey foi com ele, e Nevile se virou para olhar o mar.

— Eu trouxe seu café — disse Mary. — Mas talvez você deva mesmo entrar.

— Sim, é melhor — disse a mulher.

Todos voltaram para a sala de estar. Ted e Kay tinham parado de dançar.

A porta se abriu, e uma mulher alta e magra, vestida de preto, entrou. Em tom respeitoso, disse:

— Minha senhora manda seus cumprimentos e terá prazer em receber Mr. Treves em seus aposentos.

Lady Tressilian recebeu Mr. Treves com evidente contentamento.

Os dois logo estavam envolvidos em agradáveis reminiscências, relembrando pessoas conhecidas.

Depois de meia hora, Lady Tressilian soltou um suspiro de satisfação.

— Ah! Que divertido. Não há nada melhor que trocar fofocas e reviver velhos escândalos.

— Um pouco de malícia — disse Mr. Treves — apimenta a vida.

— Falando nisso, o que acha do nosso exemplar do eterno triângulo?

Mr. Treves não pareceu entender.

— Triângulo?

— Não diga que não percebeu! Nevile e suas esposas!

— Ah, isso. A atual Mrs. Strange é uma jovem muito atraente.

— Audrey também.

— Ela tem seu charme, sim — admitiu Mr. Treves.

Lady Tressilian exclamou:

— Não vá me dizer que entende um homem que abandona Audrey, uma pessoa de rara qualidade, para ficar com uma... *Kay*.

Mr. Treves respondeu com calma:

— Entendo perfeitamente. Acontece com frequência.

— É revoltante. Se eu fosse homem, me cansaria num instante de Kay e desejaria nunca ter feito um tal papel de bobo!

— Isso também acontece com frequência. Essas paixões intensas e repentinas — disse Mr. Treves, de forma fria e precisa — não costumam durar muito.

— E depois, o que acontece? — quis saber Lady Tressilian.

— É comum que as partes cheguem a um arranjo. Pode haver um novo divórcio. O homem então se casa com uma terceira mulher, alguém de natureza compreensiva.

— Que tolice! Nevile não é mórmon.

— Pode acontecer um novo casamento com a primeira esposa.

Lady Tressilian balançou a cabeça.

— Isso, *nunca*! Audrey é orgulhosa demais.

— A senhora acha?

— Tenho certeza. Ora, não balance a cabeça dessa forma irritante!

— De acordo com a minha experiência, as mulheres demonstram pouco ou nenhum orgulho quando se trata de assuntos amorosos. Orgulho é algo que sai de seus lábios, mas que não está em suas ações.

— Você não conhece Audrey. Ela estava profundamente apaixonada por Nevile. Até demais, talvez. Depois que ele a deixou por essa garota (eu não o culpo por tudo, ela o perseguiu por toda parte; sabe como são os homens), ela não queria vê-lo nunca mais.

Mr. Treves tossiu de leve.

— E, ainda assim, ela está aqui — comentou ele.

— Verdade — disse Lady Tressilian, irritada. — Já desisti de entender as ideias modernas. Suponho que Audrey esteja aqui apenas para mostrar que não se importa, que tudo já passou.

— É provável. — Mr. Treves coçou o queixo. — Talvez ela diga isso para si mesma.

— Está sugerindo que ela ainda gosta de Nevile e que... Ah, não! Não posso acreditar nisso!

— Pode ser.

— Não aceito. Não aceitarei isso em minha casa.

— A senhora já está preocupada, não está? — perguntou Mr. Treves, astuto. — Existe uma tensão, eu percebo no ambiente.

— Consegue sentir? — indagou Lady Tressilian.

— Sim, confesso que estou intrigado. Os reais sentimentos de cada um não são nítidos, mas, em minha opinião, a situação é um barril de pólvora e pode explodir a qualquer momento.

— Pare de falar como Guy Fawkes e me diga o que fazer — disse lady Tressilian.

Mr. Treves pegou as mãos dela nas suas.

— Sinceramente, não sei o que sugerir. Deve haver um ponto focal. Se pudéssemos isolá-lo... mas há muitos aspectos obscuros.

— Não pretendo pedir a Audrey que vá embora. Minha impressão é que ela tem se comportado de maneira perfeita em uma situação muito difícil. Ela tem sido cortês, porém discreta. Considero sua conduta irrepreensível.

— De fato. Mas ela exerce um efeito notável no jovem Nevile Strange, mesmo assim.

— Nevile *não* está se comportando bem. Falarei com ele a respeito. Mas também não posso pedir a ele que vá embora. Matthew o considerava praticamente um filho.

— Sei disso.

Lady Tressilian suspirou. Depois, disse em voz baixa:

— Sabe que Matthew se afogou aqui?

— Sim.

— Todos ficaram surpresos com o fato de eu ter permanecido. Ridículo. Não entendem que sempre senti Matthew perto de mim. Ele está por toda parte, nesta casa. Eu me sentiria estranha e solitária em qualquer outro lugar.

Ela fez uma pausa, então continuou:

— Imaginei a princípio que não demoraria muito para me juntar a ele. Principalmente quando minha saúde começou a falhar. Mas parece que sou como esses velhos portões que nunca param de ranger, eternos inválidos que teimam em não morrer.

Ela golpeou o travesseiro, irritada.

— Isso não me agrada, eu lhe garanto! Sempre torci para que, quando minha hora chegasse, o processo fosse rápido.

Queria encontrar Deus face a face, não senti-lo se aproximando por trás de mim, sempre no meu pescoço, aos poucos me obrigando a afundar nas indignidades da doença. Cada vez mais carente de ajuda, cada vez mais dependente de outras pessoas!

— Mas a senhora tem em torno de si pessoas muito devotas, acredito. Uma fiel camareira?

— Barrett? Foi quem o trouxe até este quarto. O conforto da minha vida! Uma senhora severa e batalhadora, absolutamente devotada. Está comigo há anos.

— E tem sorte, acredito, de ter Miss Aldin.

— Tem razão, tenho sorte de poder contar com Mary.

— É sua parente?

— Uma prima distante. É dessas criaturas abnegadas que estão sempre sacrificando as próprias vidas em benefício de outros. Ela cuidou do pai, um homem inteligente, mas muito difícil. Quando ele morreu, eu implorei para que ela viesse morar comigo, e agradeço o dia em que ela veio. Não pode imaginar o horror que são a maioria das acompanhantes. Criaturas fúteis. Deixam a gente louca com suas tolices. Tornam-se acompanhantes porque não sabem fazer mais nada. Ter Mary por aqui, uma mulher culta e inteligente, é uma maravilha. Ela tem uma cabeça de primeira classe, uma cabeça masculina. Leu muito, aprofundou-se, não há nenhum assunto sobre o qual ela não saiba conversar. E é tão competente no âmbito doméstico quanto no campo intelectual. Administra a casa de forma perfeita e mantém a criadagem satisfeita. Evita todas as brigas e ciúmes, não sei como consegue. Tem muito tato, suponho.

— Está aqui há muito tempo?

— Doze anos. Não, mais do que isso. Treze ou 14, algo assim. Tem sido uma ótima companhia.

Mr. Treves assentiu.

Lady Tressilian, com os olhos semicerrados, perguntou de repente:

— O que foi? Está preocupado com alguma coisa?

— Um pouco, um pouco. Seus olhos estão atentos, hein.

— Gosto de estudar as pessoas. Eu sempre sabia o que se passava na cabeça de Matthew.

Ela suspirou e se recostou nos travesseiros.

— Devo dar-lhe boa-noite agora.

Era a despedida de uma rainha, sem nenhuma descortesia.

— Estou muito cansada. Mas foi um grande, grande prazer. Venha me ver novamente em breve.

— Pode estar certa de que me lembrarei dessas palavras. Só espero não ter falado demais.

— Ah, não. Eu sempre me canso assim, de repente. Toque o sino para mim, por favor, antes de sair.

Mr. Treves puxou delicadamente um longo cordão que terminava em uma enorme borla.

— Eis uma relíquia — comentou ele.

— O sino? É mesmo. Nada de sinos elétricos modernos para mim. Estão sempre quebrando, e a gente fica apertando o botão em vão. Já este aqui nunca falha. Toca no quarto de Barrett, no andar de cima. O sino fica acima da cama dela, de modo que nunca há demora na resposta. Se houver, eu logo puxo de novo.

Ao sair do quarto, Mr. Treves ouviu o sino ser puxado uma segunda vez e um tilintar no andar de cima. Olhou para o alto e notou os fios que corriam pelo teto. Barrett desceu as escadas, apressada, e passou por ele a caminho da patroa.

Mr. Treves desceu as escadas, sem usar o pequeno elevador. Em seu rosto havia uma ruga de incerteza.

Encontrou os convivas na sala de estar, e Mary Aldin imediatamente sugeriu o bridge, mas ele recusou com educação, alegando que precisava ir embora.

— Meu hotel é tradicional. Não imaginam que alguém possa estar para fora depois da meia-noite.

— Ainda falta muito, são só 22h30 — disse Nevile. — Eles não vão trancá-lo do lado de fora, espero.

— Ah, não. Aliás, eu duvido que a porta seja realmente trancada à noite. Eles fecham às 21h, mas acredito que basta virar a maçaneta para entrar. As pessoas são um pouco relapsas por aqui, mas imagino que têm motivos para confiar na honestidade dos moradores locais.

— De fato, ninguém tranca a porta durante o dia por aqui — disse Mary. — A nossa fica escancarada o dia todo. Mas nós a trancamos à noite.

— Como é o Balmoral Court? — perguntou Ted Latimer. — Parece ser uma construção vitoriana estranha e atroz.

— Faz jus ao nome — comentou Mr. Treves. — Oferece um sólido conforto vitoriano. Boas camas, boa comida, espaçosos armários vitorianos, amplos banheiros com revestimento em mogno.

— O senhor tinha mencionado um aborrecimento, não é? — perguntou Mary.

— Ah, sim. Tomei o cuidado de reservar dois quartos no andar térreo, pois tenho o coração fraco e não me é recomendável subir escadas. Quando cheguei, fiquei perplexo ao descobrir que esses quartos não estavam disponíveis. Em vez deles, fiquei com dois (muito agradáveis, devo admitir) no primeiro andar. Protestei, mas, ao que parece, um antigo hóspede que pretendia ir à Escócia neste mês ficou doente e não liberou os quartos.

— Mr. Lucan, suponho? — inferiu Mary.

— Creio que seja esse o nome. Nessas circunstâncias, tive que me adaptar. Felizmente, há um bom elevador, de modo que não sofri nenhuma inconveniência concreta.

— Ted, por que não se muda para o Balmoral Court? Ficaria muito mais perto — disse Kay.

— Não acho que seja meu tipo de lugar.

— De fato, Mr. Latimer — disse Mr. Treves. — Não seria nem um pouco adequado ao seu estilo.

Por alguma razão, Ted Latimer enrubesceu.

— Não entendo o que o senhor quer dizer com isso.

Mary Aldin, pressentindo um constrangimento, apressou-se a comentar sobre as notícias do dia.

— Vi que prenderam um homem no caso da mala em Kentish Town — disse ela.

— É o segundo que eles prendem — acrescentou Nevile. — Espero que tenham pegado o homem certo dessa vez.

— Podem não conseguir mantê-lo preso, mesmo que seja culpado — disse Mr. Treves.

— Não têm provas suficientes? — perguntou Royde.

— Exato.

— Ainda assim — disse Kay —, imagino que eles sempre acabem conseguindo reunir as provas de que precisam.

— Nem sempre, Mrs. Strange. Ficaria surpresa se soubesse quantos criminosos andam por aí livres e desimpedidos.

— Porque nunca foram descobertos, o senhor quer dizer?

— Não só isso. A polícia sabe de um homem — e ele mencionou um famigerado caso que acontecera dois anos antes — que assassinou diversas crianças. Eles não têm a menor dúvida de que foi ele, mas não podem fazer nada. Duas testemunhas deram a ele um álibi e, apesar de esse álibi ser falso, não há provas disso. Assim, o assassino está livre.

— Que terrível — disse Mary.

Thomas Royde bateu o cachimbo e disse, com sua voz tranquila:

— Isso confirma algo em que sempre acreditei: há situações em que é necessário fazer justiça com as próprias mãos.

— O que quer dizer, Mr. Royde?

Thomas encheu seu cachimbo novamente. Observou as próprias mãos, pensativo, e falou de forma um tanto desconexa.

— Imagine que você saiba... a respeito de um crime... sabe que o homem que o cometeu não será punido pela lei... que ele ficará impune. Nesse caso, eu acho... que teria o direito de executá-lo você mesmo.

— Uma doutrina perigosíssima, Mr. Royde! — afirmou Mr. Treves, veemente. — Tal ação não teria a menor justificativa!

— Eu não vejo assim. Estou supondo, entenda, que os *fatos* estejam claros... somente a *lei* é que se encontra impotente.

— Ainda assim, uma iniciativa individual seria inaceitável.

Thomas abriu um sorriso gentil.

— Não concordo — rebateu ele. — Se um homem precisa ser enforcado, eu não me importaria de assumir a responsabilidade de fazê-lo eu mesmo.

— E o senhor estaria então sujeito às penalidades da lei, por sua vez.

Ainda sorrindo, Thomas disse:

— Eu teria que ser cuidadoso, é claro... Admito que seria necessária certa dose de astúcia...

Audrey comentou, com voz clara:

— Você seria descoberto, Thomas.

— Na verdade — disse Thomas —, eu acredito que não.

— Eu soube de um caso... — começou Mr. Treves, mas parou. Depois disse, se desculpando: — A criminologia é um passatempo para mim, entendem?

— Por favor, continue — pediu Kay.

— Tenho vasta experiência com casos criminais — continuou Mr. Treves. — Apenas alguns poucos me despertaram interesse verdadeiro. A maioria dos assassinatos são lamentavelmente desinteressantes e limitados. Entretanto, posso contar a vocês um caso interessante.

— Sim, conte — pediu Kay. — Adoro assassinatos.

Mr. Treves falou devagar, escolhendo as palavras com muito cuidado e deliberação.

— O caso envolvia uma criança. Não vou mencionar a idade nem o sexo. Os fatos eram os seguintes: duas crianças estavam brincando de arco e flecha. Uma delas acertou uma flechada na outra, em um ponto vital, e a brincadeira acabou em morte. Houve um inquérito, a criança sobrevivente estava muito abalada, todos lamentaram o acidente e expressaram simpatia para com ela.

Ele fez uma pausa.

— Só isso? — perguntou Ted Latimer.

— Só isso. Um terrível acidente. Mas há um outro lado da história. Dias antes, um fazendeiro passava por determinada clareira num bosque ali perto e notou uma criança praticando arco e flecha.

Ele fez outra pausa, esperando que o sentido da história fosse percebido.

— Quer dizer — disse Mary Aldin, incrédula — que *não* foi acidente? Foi intencional?

— Eu não tenho certeza. Nunca tive. Mas foi dito no inquérito que as crianças não tinham experiência com arcos e flechas e, portanto, atiravam de forma inábil e imprudente.

— E não era verdade?

— No caso de *uma* das crianças, certamente não era verdade!

— O que esse fazendeiro fez? — perguntou Audrey, sem fôlego.

— Não fez nada. Se ele agiu certo ou não, eu nunca soube dizer com segurança. O futuro de uma criança estava em jogo. O homem achou que ela merecia o benefício da dúvida.

— Mas o senhor não tem dúvidas sobre o que aconteceu? — perguntou Audrey.

Mr. Treves respondeu, com voz grave:

— Pessoalmente, sou da opinião de que foi um assassinato muito engenhoso. Um assassinato cometido por uma criança, mas planejado de antemão, em todos os detalhes.

— Havia um motivo? — indagou Ted Latimer.

— Ah, sim, havia motivos. Provocações infantis, palavras desagradáveis... o bastante para despertar ódio. Crianças odeiam com facilidade...

— Mas um assassinato deliberado... — disse Mary.

Mr. Treves assentiu.

— Sim, a deliberação é chocante. Uma criança, com intenção criminosa no coração, praticando dia após dia até o ato fatídico... A brincadeira... A catástrofe, o fingimento do luto e do desespero. É inacreditável... tão inacreditável que provavelmente nenhum júri acreditaria.

— O que aconteceu com a criança? — perguntou Kay, curiosa.

— Mudou de nome, acredito — respondeu Mr. Treves. — Depois da publicidade em torno do inquérito, considerou-se que isso seria recomendado. Aquela criança hoje é uma pessoa adulta, em algum lugar do mundo. A questão é: será que ainda tem o coração de um assassino?

Depois, acrescentou pensativo:

— Foi há muito tempo, mas eu reconheceria aquele pequeno assassino em qualquer lugar.

— Não é possível — objetou Royde.

— Ah, é, sim, pois havia certa peculiaridade física... bem, não vou me alongar a respeito desse assunto. Não é agradável. Preciso mesmo ir embora.

Ele se levantou.

— Toma uma bebida antes? — sugeriu Mary.

As bebidas estavam sobre a mesa, do outro lado da sala. Thomas Royde, que estava mais próximo, adiantou-se e pegou o decantador com uísque.

— Uísque com soda, Mr. Treves? Latimer, aceita?

Nevile disse a Audrey em voz baixa:

— Está uma noite amena. Venha até aqui fora um momento.

Ela estivera olhando pela janela para o terraço enluarado. Nevile passou ao seu lado e a aguardou do lado de fora, mas a ex-esposa se voltou para a sala, balançando a cabeça.

— Não, estou cansada. Acho que vou para a cama.

Então atravessou a sala e saiu. Kay deu um grande bocejo.

— Também estou com sono. E quanto a você, Mary?

— Acho que sim. Boa noite, Mr. Treves. Cuide bem dele, Thomas.

— Boa noite, Miss Aldin. Boa noite, Mrs. Strange.

— Vamos almoçar com você amanhã, Ted — disse Kay. — Podemos tomar banho de mar, se o tempo ainda estiver bom.

— Certo. Vou esperar por vocês. Boa noite, Miss Aldin.

As duas mulheres saíram da sala.

Ted Latimer comentou amistosamente com Mr. Treves:

— Estou indo para o mesmo lado que o senhor. Para pegar a barca, passarei em frente ao seu hotel.

— Obrigado, Mr. Latimer. Ficarei contente com sua companhia.

Mr. Treves, apesar de ter declarado sua intenção de ir embora, não parecia ter pressa. Bebeu seu drinque com tranquilidade e se dedicou à tarefa de inquirir Thomas Royde sobre as condições de vida na Malásia.

Royde foi monossilábico em suas respostas. Os detalhes cotidianos da existência pareciam segredos de importância nacional, dada a dificuldade em se conseguir que falasse deles. Parecia perdido em pensamentos, dos quais saía com dificuldade para responder ao interlocutor.

Ted Latimer estava inquieto. Parecia entediado, impaciente, ansioso para ir embora.

Ele interrompeu a conversa de repente, exclamando:

— Quase me esqueci! Trouxe para Kay alguns discos que ela queria ouvir. Estão no hall, vou buscá-los. Pode dizer a ela amanhã, Royde?

O outro assentiu. Ted saiu da sala.

— Esse jovem tem uma natureza inquieta — murmurou Mr. Treves.

Royde respondeu com um grunhido.

— Ele é amigo de Mrs. Strange? — perguntou o velho advogado.

— De Kay Strange — disse Thomas.

Mr. Treves sorriu.

— Foi o que eu quis dizer. Ele dificilmente seria amigo da primeira Mrs. Strange.

Royde disse com veemência:

— Não, não seria.

Então, percebendo o olhar do outro, ele continuou, com um leve rubor:

— O que eu quero dizer é...

— Ora, eu entendo o que quer dizer, Mr. Royde. O senhor mesmo é amigo de Mrs. Audrey Strange, não é?

Thomas Royde encheu lentamente seu cachimbo com tabaco. Seus olhos estavam baixos, concentrados nessa tarefa. Ele disse, atrapalhado:

— É... sim. Nós crescemos juntos, mais ou menos.

— Ela deve ter sido uma jovem muito bonita.

Thomas Royde disse algo que soou como "hum, hum".

— É um pouco estranho ter duas Mrs. Strange na casa? — indagou Mr. Treves.

— Ah, sim. É, sim.

— Uma posição difícil para a Mrs. Strange original.

O rosto de Thomas Royde ficou corado.

— Extremamente difícil.

Mr. Treves inclinou-se para a frente. Sua pergunta foi direta:

— *Por que ela veio, Mr. Royde?*

— Bem... imagino que... ela... não quis recusar.

— Recusar o pedido de quem?

Royde se mexeu, desconfortável.

— Na verdade, parece-me que ela sempre vem nesta época do ano, no começo de setembro.

— E Lady Tressilian convidou Nevile Strange e sua nova esposa na mesma época? — A voz do cavalheiro idoso continha uma nota de polida incredulidade.

— Nesse caso, creio que o próprio Nevile se convidou.

— Então ele estava ansioso por esse... reencontro?

Royde se mexeu mais uma vez, desajeitado. Respondeu evitando o olhar do outro:

— Suponho que sim.

— Curioso — disse Mr. Treves.

— Uma atitude meio estúpida — comentou Thomas Royde, vendo-se estimulado a falar.

— Um tanto embaraçoso, qualquer um poderia imaginar.

— Andam fazendo esse tipo de coisa, hoje em dia — disse Royde, de forma vaga.

— Eu me pergunto se não terá sido ideia de outra pessoa.

Royde o encarou.

— De quem mais poderia ter sido?

Mr. Treves suspirou.

— Há tantos amigos dedicados pelo mundo... sempre ansiosos para se meterem na vida alheia... para sugerir planos de ação que não são adequados...

Ele se interrompeu quando Nevile Strange voltou do terraço. Ao mesmo tempo, Ted Latimer entrou na sala pela outra porta.

— Oi, Ted, o que você traz aí? — perguntou Nevile.

— Alguns discos, para Kay. Ela pediu que eu trouxesse.

— Pediu? Eu não sabia.

Houve um momento de constrangimento entre os dois, e então Nevile foi até as bebidas e se serviu de uísque com soda.

Seu rosto demonstrava ansiedade e desagrado, e ele respirava fundo.

Mr. Treves ouvira Nevile ser descrito como "aquele sortudo do Strange, tem tudo que alguém poderia querer". Mas aquele não parecia, no momento, um homem feliz.

Thomas Royde, com a volta de Nevile, sentiu que suas obrigações de anfitrião tinham terminado. Saiu da sala sem nem mesmo dar boa-noite, e seu passo era mais rápido que o normal, quase uma fuga.

— Uma noite deliciosa — disse Mr Treves, educado, pousando seu copo. — Muito... instrutiva.

— Instrutiva? — Nevile levantou de leve as sobrancelhas.

— Informações a respeito da Malásia — sugeriu Ted, com um largo sorriso. — É trabalho árduo extrair respostas de Thomas Taciturno.

— Um sujeito extraordinário, o Royde — disse Nevile. — Acho que ele sempre foi assim. Fuma seu cachimbo fedorento, fica ouvindo e dizendo "hum" e "ah" ocasionalmente, e parece sábio como uma coruja.

— Talvez ele pense mais do que fala — sugeriu Mr. Treves. — E agora eu devo mesmo me retirar.

— Não demore para visitar Lady Tressilian de novo — disse Nevile, enquanto acompanhava os outros dois até a saída. — O senhor a deixa muito animada. Ela tem poucos contatos com o mundo externo. É uma mulher maravilhosa, não acha?

— Sim, com certeza. Propicia uma conversa muito estimulante.

Mr. Treves vestiu com cuidado seu sobretudo e seu cachecol e, depois de renovadas despedidas, ele e Ted Latimer saíram juntos.

O Balmoral Court ficava a apenas umas cem jardas de distância, depois de uma curva na estrada. Assomava alto e imponente, a primeira construção fora da cidade.

A barca, para onde ia Ted Latimer, ficava a duzentas ou trezentas jardas mais adiante, em um ponto onde o rio era mais estreito.

Mr. Treves parou na porta do Balmoral Court e estendeu a mão.

— Boa noite, Mr. Latimer. Ficará por aqui muito mais tempo?

Ted sorriu com dentes muito brancos.

— Vai depender, Mr. Treves. Ainda não deu tempo de ficar entediado.

— Imagino que não. Suponho que, para a maioria dos jovens de hoje, o tédio seja um grande temor, mas posso garantir que há coisas piores.

— Tais como?

A voz de Ted Latimer era suave e agradável, mas transmitia alguma outra sensação, difícil de definir.

— Deixo para sua imaginação, Mr. Latimer. Não teria a pretensão de lhe dar conselhos. O conselho de um idoso tolo como eu é sempre tratado com menosprezo. Com razão, talvez, quem sabe? Mas nós, os mais velhos, gostamos de acreditar que a experiência nos ensinou algumas coisas. Aprende-se muito, sabe, ao longo de uma vida.

Uma nuvem tinha encoberto a lua e a noite ficara muito escura. Envolto em sombras, um homem vinha subindo a ladeira.

Era Thomas Royde.

— Fiz uma pequena caminhada até a barca — disse ele, com o cachimbo apertado entre os dentes. — Este é o seu hotel? — perguntou a Mr. Treves. — Parece que o senhor ficou trancado para fora.

— Acho que não — disse Mr. Treves.

Ele girou a maçaneta de metal, e a porta se abriu.

— Vamos acompanhá-lo — disse Royde.

Os três entraram no hall. Estava escuro, iluminado apenas por uma lâmpada elétrica. Não havia ninguém, e os odores do jantar recente, de veludo empoeirado e de lustra-móveis pairavam no ar.

Mr. Treves soltou uma exclamação irritada.

Na porta do elevador havia uma placa:

ELEVADOR AVARIADO

— Ah, não. Que estorvo. Terei que subir pelas escadas.
— Uma pena — disse Royde. — Não há um elevador de serviço, para bagagens e coisas do tipo?
— Temo que não. Este aqui é de uso geral. Bem, vou tentar subir devagar, é o que me resta. Boa noite para vocês.

Ele deu os primeiros passos escada acima. Royde e Latimer lhe desejaram uma boa noite e saíram para a rua.

Houve um silêncio momentâneo, e depois Royde disse:
— Bem, boa noite.
— Boa noite. Nos vemos amanhã.
— Sim.

Ted Latimer caminhou ladeira abaixo, em direção à barca. Thomas Royde ficou olhando-o se afastar e depois foi na direção oposta, rumo à Bico da Gaivota.

A lua saiu de trás da nuvem, e Saltcreek foi novamente banhada por sua luminosidade prateada.

— É como se estivéssemos no verão — murmurou Mary Aldin.

Ela e Audrey estavam sentadas na praia que ficava em frente ao edifício imponente do Hotel Easterhead Bay. Audrey vestia um maiô branco e parecia uma delicada estatueta de marfim. Mary ainda não entrara na água. Um pouco mais adiante, Kay estava deitada de bruços, bronzeando as costas.

— Ai, a água está muito gelada — disse ela, se levantando.
— Bem, estamos em setembro — disse Mary.

— Sempre faz frio na Inglaterra — reclamou Kay, insatisfeita. — Eu preferia estar no sul da França. Lá realmente faz calor.

Ted Latimer, ao seu lado, comentou:

— O sol aqui não é um sol de verdade.

— Não vai entrar na água, Mr. Latimer? — perguntou Mary.

Kay riu.

— Ted nunca entra na água. Fica só tomando sol, como um lagarto.

A jovem esticou o pé e encostou no amigo. Ele se levantou.

— Vamos caminhar, Kay. Estou com frio.

Os dois saíram andando pela praia.

— Como um lagarto? Que comparação infeliz — murmurou Mary Aldin, olhando para eles.

— É assim que você o enxerga? — perguntou Audrey.

Mary Aldin franziu a testa.

— Não. Lagartos são dóceis. Não acredito que ele seja dócil.

— Não. Eu também não acredito.

— Eles ficam bem juntos. Os dois combinam, não?

— Acho que sim.

— Gostam das mesmas coisas — continuou Mary —, têm as mesmas opiniões e falam a mesma língua. Foi uma pena que...

Ela parou.

— Uma pena o quê? — questionou Audrey, ríspida.

Mary respondeu, devagar:

— Eu ia dizer que foi uma pena ela e Nevile terem se conhecido.

Audrey sentou-se, rígida. Seu rosto exibia a expressão que Mary definira como "Audrey gélida".

— Desculpe, Audrey, eu não devia ter dito isso — disse ela.

— Eu preferiria não falar sobre esse assunto, se não se incomoda.

— Claro, claro. Foi tolice minha. Acho que eu esperava que você já tivesse superado tudo.

Audrey se virou para Mary, devagar. Com o rosto sereno e inexpressivo, ela disse:

— Eu garanto que não há nada para superar. Não tenho nenhum sentimento a esse respeito. Desejo de coração que Kay e Nevile sejam felizes juntos, para sempre.

— É muito generoso da sua parte, Audrey.

— Não é generosidade. É só... só a verdade. Não acredito que seja proveitoso ficar revirando o passado. "É uma pena que isso ou aquilo tenha acontecido", coisas assim. Já passou. Vamos seguir com nossas vidas e viver o presente.

— Acho que pessoas como Kay e Ted me fascinam por... por serem tão diferentes de tudo e todos que já conheci.

— É, acho que são, mesmo.

— Mesmo você — disse Mary, com inesperada amargura — viveu e teve experiências que eu provavelmente nunca terei. Eu sei que você sofreu, sofreu muito, mas não consigo deixar de pensar que mesmo isso é melhor do que... bem, do que nada. Do que o *vazio*!

Ela pronunciou a última palavra com bastante ênfase.

Os olhos de Audrey ficaram arregalados.

— Nunca imaginei que você se sentisse assim.

— Não? — Mary Aldin riu. — Foi só um momento de desabafo, querida. Não me leve muito a sério.

— Não deve ser fácil para você — começou Audrey, devagar. — Viver sozinha com Camilla, ainda que ela seja adorável, ler para ela, administrar a criadagem, sem nunca poder sair daqui.

— Recebo em troca casa e comida, enquanto milhares de mulheres não têm nem sequer isso. De verdade, Audrey, eu sou bastante feliz. E tenho — um sorriso passou pelos seus lábios — minhas distrações pessoais.

— Vícios secretos? — perguntou Audrey, sorrindo também.

— Eu traço planos — disse Mary, de forma vaga. — Mentalmente, sabe. E, às vezes, gosto de conduzir experimentos...

com as pessoas. Gosto de ver se consigo fazê-las reagir ao que digo de uma determinada maneira.

— Você está soando quase sádica, Mary. Como eu a conheço pouco!

— É bem inofensivo. Nada mais que uma distração infantil.

Audrey ficou curiosa.

— Já conduziu algum experimento comigo?

— Não. Você é a única pessoa que sempre achei imprevisível. Nunca sei o que está pensando.

— Talvez seja melhor assim — sentenciou Audrey, séria.

Ela estremeceu, e Mary disse:

— Você está com frio.

— Sim. Acho que vou trocar de roupa. Afinal, é setembro.

Mary Aldin ficou sozinha, admirando os reflexos do sol na água. A maré estava baixando. Ela se deitou na areia, fechando os olhos.

Tinham almoçado no hotel, que ainda estava cheio, apesar de o pico da estação já ter passado. Havia uma estranha mistura de gente. Tinha sido um dia de folga. Uma quebra na monotonia do dia a dia. Era um alívio, também, escapar daquela sensação de tensão, do ambiente pesado que pairava sobre a Bico da Gaivota. Audrey não tinha culpa, mas Nevile...

Seus pensamentos foram interrompidos de repente, quando Ted Latimer sentou-se ao seu lado na areia.

— O que você fez com Kay? — perguntou Mary.

— Ela foi chamada por seu legítimo dono — respondeu Ted.

Algo no tom dele fez Mary se sentar. Ela lançou o olhar para o trecho de areia dourada e brilhante onde Nevile e Kay estavam sentados, na beira da água. Depois, se voltou para o homem ao seu lado.

Ela sempre o vira como alguém inabalável, estranho, perigoso até. Agora, pela primeira vez, vislumbrou um jovem ferido. "Ele ama Kay, ama de verdade, e Nevile a tirou dele..."

— Espero que esteja se divertindo — disse ela, com gentileza.

Era uma frase convencional. Mary Aldin raramente usava frases que não fossem convencionais. Esse era seu jeito de falar. Mas o tom que usou era um convite... inédito... de amizade. Ted Latimer correspondeu a ele.

— Tanto quanto me divertiria em qualquer outro lugar.

— Lamento.

— Mas você não se importa nem um pouco, eu sei! Sou um estranho... que diferença faz o que estranhos sentem ou pensam?

Ela se voltou para olhar aquele jovem tão bonito e tão amargurado. Ele devolveu o olhar com um de desafio. Mary falou devagar, como quem faz uma descoberta:

— Entendo. Você não gosta de nós.

Ele deu uma risadinha.

— Esperava que eu gostasse?

Ela respondeu, pensativa:

— Acho que sim, eu esperava exatamente isso. A gente acaba sempre esperando demais dos outros, devíamos ser mais modestos. De fato, nunca me ocorreu que você pudesse não gostar de nós. Procuramos fazê-lo se sentir bem-vindo, como amigo de Kay.

— Sim, como amigo de Kay!

Aquela interrupção era cheia de rancor.

Mary respondeu com uma franqueza capaz de desarmar qualquer um:

— Gostaria que me dissesse... gostaria de verdade... por que não gosta de nós? O que foi que fizemos? Há algo errado conosco?

Ted Latimer respondeu, com forte ênfase na palavra:

— Arrogantes!

— Arrogantes? — perguntou Mary, sem rancor, examinando a acusação com imparcialidade judicial. — Sim — admitiu ela. — Entendo que você possa pensar assim.

— É como vocês são. Acostumados a ter tudo de bom da vida. Contentes e superiores em seus retiros, isolados das pessoas comuns. Olham para gente como eu como se fôssemos animais estranhos.

— Lamento que pense assim.

— Mas é verdade, não é?

— Não, não é. Podemos ser um pouco simplórios, talvez, e sem imaginação. Mas não somos maldosos. Eu sou uma pessoa convencional e, por fora, ouso dizer, o que você chama de arrogante. Mas na verdade sou perfeitamente humana por dentro. Neste momento, estou chateada por vê-lo infeliz e gostaria de poder fazer alguma coisa para mudar isso.

— Bem, se isso é verdade... é gentil da sua parte.

Houve uma pausa, e então Mary disse:

— Você sempre amou Kay?

— Basicamente.

— E ela?

— Eu achava que sim, até Strange aparecer.

Mary disse, com suavidade:

— E você ainda a ama?

— Achei que fosse óbvio.

Depois de alguns instantes, Mary indagou:

— Não seria melhor se você fosse embora?

— Por que eu deveria ir embora?

— Porque está só causando mais infelicidade a si mesmo.

Ele olhou para Mary e riu.

— Você é simpática, mas não sabe muita coisa sobre os animais no entorno do seu mundinho. Muita coisa ainda pode acontecer.

— Que tipo de coisa?

Ele riu.

— Aguarde e verá.

Depois de trocar de roupa, Audrey andou pela praia até chegar a umas pedras e se juntar a Thomas Royde, que estava sentado ali fumando cachimbo, bem em frente à Bico da Gaivota, que se podia ver, branca e serena, do outro lado do rio.

Thomas se virou quando Audrey chegou, mas não saiu do lugar. Ela se sentou ao seu lado, sem dizer nada. Ficaram em silêncio, o silêncio confortável de duas pessoas que se conhecem muito bem.

— Parece tão perto — disse Audrey, quebrando o silêncio.

Thomas olhou para a Bico da Gaivota.

— Sim, poderíamos nadar até lá.

— Não com essa maré. Camilla teve uma camareira que era uma banhista experiente e costumava atravessar a nado e voltar, quando a maré estava boa. Tem que estar bem baixa ou bem alta, mas quando está mudando pode arrastar até a foz. Aconteceu isso com uma moça, certa vez. Por sorte ela manteve a calma e conseguiu sair em Easter Point, apenas exausta.

— Não há nenhuma indicação de perigo por aqui.

— Não é deste lado. A correnteza é do outro lado. É bem fundo por ali, perto do penhasco. Houve uma tentativa de suicídio no ano passado. Um homem se jogou do penhasco de Stark Head, mas foi aparado por uma árvore durante a queda, e a guarda costeira conseguiu resgatá-lo.

— Coitado — disse Thomas. — Imagino que não deve ter ficado muito agradecido. Deve ser horrível decidir tirar a própria vida, mas acabar sendo salvo. A pessoa deve se sentir envergonhada.

— Talvez ele esteja contente agora — sugeriu Audrey, sonhadora. Tentou imaginar onde aquele homem poderia estar e o que estaria fazendo.

Thomas fumava seu cachimbo. Virando de leve a cabeça, podia ver Audrey. Observou sua expressão grave e absorta ao observar a água. Os longos cílios escuros que pousavam na linha do rosto, a orelha delicada.

Isso o fez se lembrar de outra coisa.

— Ah, sim, estou com seu brinco. O que você perdeu ontem à noite.

Ele colocou os dedos no bolso. Audrey estendeu a mão.

— Que bom. Onde você achou? No terraço?

— Não. Estava nas escadas. Você deve ter perdido quando desceu para o jantar. Percebi que você estava sem ele durante o jantar.

— Fico contente em recuperá-lo.

Ela pegou o brinco, que Thomas achou muito grande e grosseiro para uma orelha tão pequena. Os que ela estava usando naquele dia também eram muito grandes.

— Você usa brincos até quando toma banho de mar — comentou ele. — Não tem medo de perdê-los?

— São muito baratos. Eu detesto estar sem brincos por causa disso.

Ela tocou a orelha esquerda. Thomas se lembrou.

— Ah, sim. Aquela vez em que o velho Bouncer mordeu você.

Audrey assentiu.

Ficaram em silêncio, relembrando uma memória de infância. Audrey Standish (como se chamava então), uma criança alta e magricela, apoiando o rosto no velho Bouncer, que estava com uma pata machucada. Levou uma mordida feia, teve que levar pontos. Não que houvesse muito para ver depois de tanto tempo, só uma mínima cicatriz.

— Minha querida — disse ele —, mal se pode perceber a marca. Por que se preocupa?

Audrey respondeu com evidente sinceridade:

— É porque... porque não suporto uma *deformidade*.

Thomas assentiu. Aquilo coincidia com a imagem que ele tinha de Audrey, seu instinto para o perfeccionismo. Ela mesma era um exemplo de perfeição.

De repente, ele disse:

— Você é muito mais bonita do que Kay.

Ela se virou de súbito.

— Ah, não, Thomas. Kay é... Kay é linda.

— Por fora, mas não por dentro.

— Está se referindo — brincou ela — à minha bela alma?

Thomas bateu as cinzas do cachimbo.

— Não. Acho que me refiro aos seus ossos.

Audrey riu.

Thomas encheu o cachimbo de novo. Ficaram calados por quase cinco minutos, durante os quais Thomas olhou para Audrey mais de uma vez, procurando ser discreto, para que ela não percebesse.

Até que ele disse:

— Qual é o problema, Audrey?

— Problema? Como assim, problema?

— O problema que está enfrentando. Qual é?

— Não há nada, absolutamente nada.

— Há, sim.

Ela balançou a cabeça.

— Não quer me dizer? — insistiu ele.

— Não há nada para dizer.

— Sei que estou sendo teimoso... mas tenho que insistir...

Ele fez uma pausa.

— Audrey, não pode esquecer? Deixar tudo para trás?

Ela apertou as mãos com força contra as pedras.

— Você não entende. Não pode nem começar a entender.

— Mas Audrey, querida, eu entendo. Eu *sei*.

Ela lançou um olhar de dúvida para o amigo.

— Eu sei exatamente pelo que você passou. E sei o que significou para você.

Ela estava muito pálida, pálida até os lábios.

— Entendo — disse ela. — Eu achei que ninguém soubesse.

— Mas eu sei. Não vou falar sobre isso. Mas o que estou lhe dizendo é que acabou... ficou no passado.

Ela falou em voz baixa:

— Algumas coisas nunca passam.

— Ouça, Audrey, não é bom ficar remoendo e relembrando. Entendo que você passou por um inferno. Mas não pode ficar revirando a mesma coisa sempre. Olhe para a frente, não para trás. Você é jovem. Tem que viver a vida, e a maior parte dela ainda está por vir. Pense no amanhã, não no ontem.

Ela olhou para Thomas com um olhar firme que não revelava nada do que estava pensando.

— Digamos — disse ela — que eu não consiga fazer isso.

— Mas você precisa.

Audrey disse baixinho:

— Achei que você não entendesse. Eu não... Acho que não sou muito normal quando se trata de certas coisas.

Ele a interrompeu.

— Que bobagem. Você...

Ele parou.

— Eu o quê?

— Estava me lembrando de quando você era uma garota... antes de se casar com Nevile. Por que se casou com ele?

Audrey sorriu.

— Porque me apaixonei por ele.

— Sim, sim, sei disso. Mas por que se apaixonou? O que a fez se sentir tão atraída por ele?

Ela franziu a testa, como se tentasse ver através dos olhos de uma garota que já não existia.

— Acho que foi por ele ser tão "positivo". Nevile sempre foi o oposto do que eu mesma era. Sempre me senti um tanto etérea, quase irreal. E Nevile era muito real. Tão feliz e seguro de si mesmo, e tão... tudo o que eu não era.

Ela acrescentou, com um sorriso:

— E tão lindo.

Thomas Royde disse, com amargura:

— Sim, o perfeito cavalheiro inglês. Esportista, modesto, bonito, sempre perfeito... sempre conseguindo tudo o que quer.

Audrey se endireitou e olhou bem para o amigo.

— Você o odeia — disse ela, devagar. — Você o odeia com todas as forças, não é?

Thomas evitou o olhar dela, se virando para proteger um fósforo com as mãos enquanto acendia o cachimbo que tinha se apagado.

— Não seria nenhuma surpresa se eu o odiasse, certo? Ele tem tudo o que eu não tenho. Pode praticar esportes, nadar, dançar, conversar. Eu sou um tolo, calado, com um braço deficiente. Ele sempre foi brilhante e bem-sucedido e eu sempre fui um perdedor. E ele se casou com a única garota de quem gostei.

Audrey fez um som quase inaudível, o que o irritou.

— Você sempre soube disso, não soube? Sabia que eu gostava de você desde os 15 anos. Sabe que ainda gosto...

Ela o interrompeu.

— Não. Agora, não.

— Como assim, agora, não?

Audrey se levantou e falou, com uma voz séria:

— Porque... agora eu... sou diferente.

— Diferente, como?

Ele também se levantou, ficando de frente para ela.

Audrey falou rápido e ofegante:

— Se você não sabe, não posso lhe dizer... Eu mesma nem sempre tenho certeza. Só sei que...

Ela hesitou e, virando-se abruptamente, foi embora caminhando apressada por sobre as pedras, na direção do hotel.

Ao fazer uma curva, encontrou Nevile. Estava deitado, olhando para uma poça formada na rocha. Olhou para ela e sorriu.

— Olá, Audrey.

— Olá, Nevile.

— Estou observando um caranguejo. Um camarada terrivelmente ativo. Olhe, ali está ele.

Ela se ajoelhou e olhou para onde o ex-marido estava apontando.

— Viu?

— Sim.

— Quer um cigarro?

Audrey aceitou, e ele acendeu para ela. Depois de alguns instantes, durante os quais a mulher não o encarou, Nevile disse, um tanto nervoso:

— Audrey?

— Sim?

— Está tudo bem, certo? Digo, entre nós?

— Sim. Sim, é claro.

— Quero dizer... somos amigos e tudo mais?

— Sim, claro que sim.

— Eu quero que sejamos amigos.

Ele estava ansioso. Ela deu um sorriso nervoso.

Nevile puxou conversa.

— Está um lindo dia, não está? Tempo bom e tudo mais.

— Sim, sim.

— Bem quente para setembro.

Houve uma pausa.

— Audrey... — retomou ele.

Ela se levantou.

— Sua esposa está chamando. Está acenando.

— Quem... Ah, Kay.

— Eu disse que era sua esposa.

Ele também se levantou e a encarou. Então disse, em voz baixa:

— Você é minha esposa, Audrey...

Ela se virou e se afastou. Nevile correu até a praia e ao longo da areia para se encontrar com Kay.

Quando chegaram de volta à Bico da Gaivota, Hurstall veio até o hall falar com Mary.

— Poderia subir logo para ver Lady Tressilian? Ela está muito ansiosa e pediu para falar com a senhorita assim que chegasse.

Mary apressou-se a subir as escadas. Encontrou Lady Tressilian pálida e perturbada.

— Mary, querida, fico tão feliz em vê-la. Estou muito abalada. O pobre Mr. Treves está morto.

— Morto?

— Sim, não é terrível? Tão repentino. Parece que nem sequer se deitou na noite passada. Teve um colapso assim que chegou ao quarto.

— Ah, lamento muito.

— Sabíamos que ele estava fragilizado. Tinha o coração fraco. Espero que não tenha passado por nada enquanto esteve aqui que pudesse tê-lo deixado esgotado. Terá comido algo indigesto no jantar?

— Não creio... tenho certeza de que não. Ele parecia muito bem, muito animado.

— Estou muito angustiada. Gostaria que você fosse até o Balmoral Court e conversasse com Mrs. Rogers. Pergunte se há algo que possamos fazer. E temos que arranjar o funeral. Em nome de Matthew, gostaria de fazer tudo o que pudermos. As coisas são tão desagradáveis em um hotel.

Mary falou com decisão:

— Querida Camilla, não fique tão preocupada. Deve ter sido um choque para você.

— Foi mesmo.

— Irei ao Balmoral Court agora mesmo e voltarei trazendo notícias.

— Obrigada, Mary, você é sempre tão prática e compreensiva.

— Por favor, tente descansar. Esse tipo de choque pode lhe fazer mal.

Mary Aldin saiu do quarto e desceu as escadas. Entrando na sala de estar, exclamou:

— Mr. Treves faleceu na noite passada, depois de voltar ao hotel!

— Coitado — disse Nevile. — O que aconteceu?

— Parece que foi o coração. Caiu morto assim que entrou.

Thomas Royde disse, pensativo:

— Será que foram as escadas?

— Escadas? — Mary lhe lançou um olhar interrogador.

— Sim. Quando Latimer e eu o deixamos, ele estava começando a subi-las. Dissemos a ele para ir devagar.

— Mas que tolice não ter tomado o elevador! — bradou Mary.

— O elevador estava avariado.

— Ah, entendo. Que tragédia. Pobre homem. — Então acrescentou: — Estou indo até lá. Camilla quer saber se há alguma coisa que possamos fazer.

— Vou com você — disse Thomas.

Os dois andaram lado a lado até Balmoral Court. Mary comentou:

— Será que ele tem parentes que devam ser avisados?

— Ele não citou ninguém.

— Não mesmo, e as pessoas costumam mencionar, dizem "minha sobrinha" ou "meu primo".

— Ele era casado?

— Acho que não.

Entraram pela porta do Balmoral Court. Mrs. Rogers, a proprietária, estava conversando com um homem de meia-idade, que cumprimentou Mary com um aceno de mão.

— Boa tarde, Miss Aldin.

— Boa tarde, Dr. Lazenby. Este é Thomas Royde. Viemos em nome de Lady Tressilian perguntar se há alguma coisa que possamos fazer.

— Muita gentileza, Miss Aldin — disse a proprietária do hotel. — Venha até a minha sala, por favor.

Foram todos até uma sala confortável, e o Dr. Lazenby disse:

— Mr. Treves jantou em sua casa ontem à noite?

— Sim.

— Como ele estava? Mostrou sinais de cansaço?

— Não, estava bem-disposto e alegre.

O médico assentiu.

— Isso é o pior das doenças do coração: o fim vem de repente. Pude ver os remédios que ele tomava, e está bem claro que seu estado de saúde era dos mais precários. Entrarei em contato com o médico dele em Londres, naturalmente.

— Ele se cuidava muito bem — disse Mrs. Rogers. — E aqui foi tão bem cuidado quanto poderia ser, eu garanto.

— Estou certo de que sim — disse o médico, cuidadoso. — Foi só algum esforço extra, sem dúvida.

— Como subir as escadas — sugeriu Mary.

— Sim, essa poderia ser a causa. Seria perfeitamente possível... se ele subisse as escadas... mas sem dúvida ele nunca fazia isso, não é?

— Claro que não — disse Mrs. Rogers. — Ele sempre usava o elevador. Sempre. Fazia questão.

— Mas é que o elevador estava avariado ontem à noite — disse Mary.

Mrs. Rogers olhou para ela, surpresa.

— O elevador não esteve avariado ontem em momento algum, Miss Aldin.

Thomas Royde pigarreou.

— Com licença — disse ele. — Eu vim até aqui com Mr. Treves ontem à noite, e havia uma placa na porta do elevador que dizia Avariado.

Mrs. Rogers o encarou.

— Mas isso é muito estranho. Eu poderia jurar que não havia nada de errado com o elevador. De fato, tenho certeza absoluta. Eu saberia se houvesse algum problema. O elevador não apresenta defeito — ela bateu na madeira — já faz... ora, uns bons dezoito meses. É muito confiável.

— Talvez — sugeriu o médico — algum porteiro ou ascensorista tenha colocado a placa quando terminou seu turno?

— É um elevador automático, doutor, não precisa que ninguém o opere.

— Ah, é mesmo, eu tinha me esquecido.

— Vou falar com Joe — anunciou Mrs. Rogers, saindo apressada da sala chamando: — Joe, Joe.

O Dr. Lazenby olhou para Thomas com curiosidade.

— Perdão, tem mesmo certeza, senhor...

— Royde — disse Mary.

— Tenho, sim — disse Thomas.

Mrs. Rogers voltou com o porteiro. Joe foi enfático em dizer que não havia nada de errado com o elevador na noite anterior. Existia mesmo uma placa como aquela descrita por Thomas, mas estava guardada em uma gaveta e não era usada havia mais de um ano.

Todos olharam uns para os outros e concordaram que aquilo era um grande mistério. O médico sugeriu que poderia ter sido uma brincadeira de algum dos hóspedes, e acabaram deixando o assunto de lado.

Em resposta às perguntas de Mary, o Dr. Lazenby explicou que o motorista de Mr. Treves lhe fornecera o endereço dos advogados do falecido, que estava em contato com eles e que iria em breve ver Lady Tressilian para conversar com ela a respeito do funeral.

O médico tinha outros compromissos e saiu apressado. Mary e Thomas caminharam lentamente de volta à Bico da Gaivota.

— Tem certeza de que viu esse bilhete, Thomas? — indagou Mary.

— Tanto eu quanto Latimer o vimos.

— Mas que coisa estranha!

Era dia 12 de setembro.

— Só mais dois dias — disse Mary Aldin. Depois mordeu o lábio e enrubesceu.

Thomas Royde olhou para ela, pensativo.

— É assim que se sente?

— Não sei o que há de errado comigo — comentou Mary. — Nunca fiquei tão ansiosa para que uma visita terminasse. Normalmente gostamos muito de receber Nevile. E Audrey também.

Thomas assentiu.

— Mas, desta vez, é como se estivéssemos sentados em cima de dinamite. A qualquer momento pode haver uma explosão. Foi o que eu disse a mim mesma esta manhã: "Só mais dois dias". Audrey vai embora na quarta-feira, Nevile e Kay, na quinta.

— E eu na sexta — disse Thomas.

— Ah, não estou contando você. Você foi uma fortaleza. Não sei o que teria feito se não estivesse aqui.

— O amortecedor humano?

— Mais do que isso. Você tem sido tão gentil e tão... tão calmo. Isso pode soar meio ridículo, mas realmente expressa o que quero dizer.

Thomas pareceu satisfeito, ainda que um pouco envergonhado.

— Não sei por que estamos todos tão tensos — prosseguiu Mary. — Afinal, mesmo que houvesse algum... desabafo...

seria só uma situação desconfortável e constrangedora, nada além disso.

— Mas você sente que há mais alguma coisa.

— Ah, tem, sim. Uma atmosfera de apreensão. Até os criados percebem. A copeira caiu em lágrimas e pediu demissão esta manhã, sem nenhum motivo. A cozinheira está assustada... Hurstall está todo nervoso... Até Barrett, normalmente tão calma quanto um navio de guerra, dá sinais de ansiedade. E tudo por causa de Nevile e sua ideia ridícula de querer que a primeira e a segunda esposa sejam amigas, para apaziguar a própria consciência.

— Essa ideia parece ter falhado de maneira espetacular — comentou Thomas.

— Sim. Kay está... está quase fora de si. E, sendo sincera, é difícil não ficar com pena dela. Você percebeu como Nevile olhava para Audrey enquanto ela subia as escadas ontem à noite? Ele ainda gosta dela, Thomas. A história toda se mostrou um trágico erro.

Thomas começou a encher o cachimbo.

— Ele devia ter pensado nisso antes — disse, com voz grave.

— Ah, eu sei. É o que sempre digo. Mas não muda o fato de que a história toda é uma tragédia. Não posso deixar de sentir pena de Nevile.

— Pessoas como Nevile... — começou Thomas, mas parou.

— Sim?

— Pessoas como Nevile acham que as coisas têm de ser como eles querem... e que podem ter tudo o que desejam. Não creio que Nevile tenha jamais tido um contratempo na vida até ter que lidar com essa questão de Audrey. Bem, agora terá que lidar com isso. E não pode ter Audrey, ela está fora de alcance. Não vai adiantar espernear. Vai ter que engolir essa.

— Acho que você tem toda a razão, mas está sendo um pouco duro. Audrey amava Nevile quando se casou com ele... Eles sempre se deram muito bem.

— Ela já não o ama mais.

— Será? — perguntou Mary, em um sussurro.

Thomas continuou:

— E digo mais. É melhor Nevile se preocupar com Kay. Ela é uma mulher perigosa, muito perigosa. Se perder a cabeça, é capaz de qualquer coisa.

— Ai, ai. — Mary suspirou e, voltando a seu comentário inicial, repetiu, esperançosa: — Só mais dois dias.

A situação estivera difícil nos últimos quatro ou cinco dias. A morte de Mr. Treves deixara Lady Tressilian em choque e afetara sua saúde. O funeral ocorrera em Londres, para alívio de Mary, já que isso permitiu que a velha senhora se desligasse sem mais delongas daquele assunto triste. O aspecto doméstico da casa estava trabalhoso, e Mary se sentia realmente cansada e desanimada naquela manhã.

— É em parte devido ao clima — disse ela. — Não é natural.

Tinha realmente feito um calor incomum para setembro. Em alguns dias o termômetro registrara mais de 20°C na sombra.

Nevile saiu da casa e se juntou a eles.

— Está culpando o clima? — perguntou ele, olhando o céu. — É mesmo incrível. Hoje está ainda mais quente. E não há vento, o que deixa a gente bem desconfortável. Mas acho que teremos chuva em breve. Esse clima tropical não tem como durar.

Thomas Royde se afastara aos poucos e discretamente, até desaparecer, dando a volta na casa.

— O triste Thomas se retirou — disse Nevile. — Não podemos acusá-lo de demonstrar qualquer satisfação com a minha presença.

— Ele é muito simpático — disse Mary.

— Discordo. É um sujeito preconceituoso e de mente fechada.

— Sempre teve esperança de se casar com Audrey, acho. Até você aparecer e passar na frente.

— Ele teria levado uns sete anos para se decidir a pedi-la em casamento. Será que imaginava que ela ficaria esperando enquanto tomava coragem?

— Quem sabe — disse Mary, deliberadamente — isso não aconteça agora?

Nevile olhou para ela e levantou uma sobrancelha.

— A recompensa do amor verdadeiro? Audrey se casando com esse inútil? Ela é boa demais para isso. Não, não consigo imaginar Audrey se casando com um homem tão melancólico.

— Acho que ela gosta bastante dele, Nevile.

— Como vocês, mulheres, são casamenteiras! Não pode deixar Audrey aproveitar um pouco a liberdade?

— Se é que ela realmente aproveita.

— Acha que ela não é feliz?

— Não faço a menor ideia.

— Nem eu. É difícil saber o que Audrey está sentindo — Depois de uma pausa, ele acrescentou: — Mas Audrey é muito firme. Tem muita fibra.

Então ele disse, mais para si mesmo do que para Mary:

— Meu Deus, como fui tolo!

Mary voltou para dentro de casa preocupada. Pela terceira vez, repetiu aquelas palavras reconfortantes:

— Só mais dois dias.

Nevile caminhou agitado pelo jardim e pelos terraços. No final do jardim, encontrou Audrey sentada sobre a mureta, olhando para o rio lá embaixo. Era maré cheia, e o rio estava caudaloso.

Ela se levantou assim que o viu e foi em sua direção.

— Eu estava prestes a entrar. Já deve ser hora do chá.

Falava rápido, sem olhar para ele.

Nevile andou ao seu lado, calado.

Somente quando chegaram ao terraço, ele disse:

— Posso conversar com você, Audrey?

Ela respondeu de uma vez, os dedos apertando a beirada da balaustrada:

— Acho melhor não.
— Será que sabe o que vou dizer?

Ela não respondeu.

— O que me diz, Audrey? Podemos voltar ao que éramos antes? Esquecer tudo o que aconteceu?

— Até mesmo Kay?

— Kay se mostrará razoável — afirmou Nevile.

— O que você quer dizer com razoável?

— Exatamente isso. Contarei tudo e ficarei à mercê de sua generosidade. Direi a ela, e é a mais pura verdade, que você é a única mulher que já amei.

— Você amava Kay quando se casou com ela.

— Casar-me com Kay foi o maior erro que já cometi. Eu...

Ele se interrompeu. Kay saíra da sala de estar e vinha na direção deles. A fúria em seu olhar fez Nevile se encolher.

— Lamento interromper uma cena tão romântica — disse Kay. — Mas achei que já estava na hora.

Audrey se afastou.

— Vou deixá-los à vontade.

Seu rosto e sua voz eram impassíveis.

— Isso mesmo — disse Kay. — Você já causou todos os problemas que queria, não é? Lidarei com você mais tarde. Agora preciso me acertar com Nevile.

— Olhe aqui, Kay — interpelou Nevile —, Audrey não tem nada a ver com isto. Não é culpa dela. Coloque a culpa em mim, se quiser...

— E quero mesmo — disse Kay. Seu olhar flamejava sobre o marido. — Que tipo de homem você pensa que é?

— Um tipo infeliz — respondeu ele, com amargura.

— Você deixa sua esposa, vem com tudo atrás de mim, consegue que ela lhe dê o divórcio. Louco por mim em um momento, cansado de mim logo em seguida! Agora suponho que queira voltar para aquela vaca pálida, chorona, trapaceira...

— Pare com isso, Kay!

— Diga então: o que você quer?

Nevile estava branco como papel.

— Eu sou um verme, admito — disse ele. — Mas não adianta, Kay. *Não posso mais continuar*. Eu acho que... que continuei amando Audrey esse tempo todo. Meu amor por você foi uma... uma espécie de loucura. Mas não adianta, meu bem, eu e você não combinamos. Eu nunca a farei feliz. Acredite em mim, Kay, é melhor desistirmos o quanto antes. Vamos tentar nos separar como amigos. Seja generosa.

Kay falou em um tom de voz que dava a ilusão de tranquilidade:

— O que você sugere, exatamente?

Nevile não olhava para ela. Tinha o queixo inclinado em um ângulo estranho.

— Podemos nos divorciar. Você pode pedir o divórcio, alegando abandono do lar.

— Não tão cedo — argumentou ela. — Você teria que esperar um tempo.

— Eu espero.

— E então, depois de uns três anos ou algo assim, pretende pedir a doce Audrey em casamento de novo?

— Se ela me aceitar.

— Ela vai aceitar, com certeza! — disse Kay, com veneno na voz. — E eu, como é que eu fico?

— Você estará livre para encontrar alguém melhor do que eu. Naturalmente, cuidarei para que fique bem-amparada...

— Poupe-me de sua tentativa de suborno! — A voz dela foi ficando mais alta, conforme ela perdia o controle. — Ouça aqui, Nevile. Você não pode fazer isso comigo! Não vou me divorciar de você. Casei-me com você porque o amava. Eu sei quando você começou a ficar contra mim, foi quando contei que o segui até Estoril. Você queria acreditar que era o destino. Abalou sua vaidade saber que tinha sido *eu*. Bem, não tenho vergonha do que fiz. Você se apaixonou por mim e se casou comigo, e não vou deixar que volte para aquela vadia ardilosa que cravou os dentes em você novamente. Ela planejou tudo isto... mas não vai conseguir o que quer! Eu mato você. Está me ouvindo? Mato você. E mato ela também. Prefiro ver os dois mortos. Eu...

Nevile deu um passo à frente e segurou o braço dela.

— Cale-se, Kay. Pelo amor de Deus. Não pode fazer uma cena como essa.

— Não posso? Veremos. Eu...

Hurstall apareceu no terraço. Seu semblante era impassível.

— O chá está servido na sala de estar — anunciou.

Kay e Nevile seguiram lentamente até lá.

Hurstall deu um passo para o lado, para que pudessem passar.

No céu, nuvens escuras se acumulavam.

A chuva começou a cair às 18h45. Nevile olhava pela janela do quarto. Não tinha conversado mais nada com Kay. Os dois se evitaram depois do chá.

O jantar daquela noite tinha sido formal e sufocante. Nevile perdido em abstrações; o rosto de Kay coberto por excesso de maquiagem; Audrey parecendo um fantasma congelado. Mary Aldin esforçou-se ao máximo para manter a conversa, aborrecida com Thomas Royde por não ajudá-la.

Hurstall estava nervoso, e suas mãos tremiam enquanto ele servia a salada.

Ao final da refeição, Nevile falou com cuidadosa casualidade:

— Acho que irei até o Easterhead depois do jantar, procurar Latimer. Podíamos jogar bilhar.

— Leve a chave extra — aconselhou Mary —, para o caso de voltar tarde.

— Obrigado, levarei.

Foram todos até a sala de estar, onde o café estava esperando. O rádio e o noticiário propiciaram uma distração muito bem-vinda.

Kay, que bocejava sem parar desde o jantar, disse que iria para a cama. Estava com dor de cabeça.

— Trouxe algum comprimido? — perguntou Mary.

— Sim, obrigada.

A jovem saiu da sala.

Nevile trocou de estação para que ouvissem música. Ficou sentado no sofá durante um tempo. Não olhou nenhuma vez para Audrey, calado como um garotinho chateado. A contragosto, Mary sentiu pena dele.

— Bem — disse afinal, ao se levantar —, melhor ir andando.

— Vai de carro ou de barca?

— Ah, de barca. Não faria sentido dar uma volta de quinze milhas. Vou gostar de fazer uma caminhada.

— Está chovendo, sabia?

— Eu sei, mas tenho uma capa de chuva. — Ele se dirigiu à porta.

— Boa noite — disse Mary.

No hall, Hurstall veio até ele.

— Se puder, senhor, poderia subir e ver Lady Tressilian? Ela pediu para falar em particular com o senhor.

Nevile espiou o relógio. Já eram 22h.

Ele deu de ombros, subiu as escadas, atravessou o corredor até o quarto de Lady Tressilian e bateu à porta. Enquanto esperava que ela o convidasse a entrar, ouviu as vozes dos demais no andar de baixo. Aparentemente, todos pretendiam ir para a cama cedo.

— Entre — disse Lady Tressilian, com voz clara.

Nevile entrou e fechou a porta atrás de si.

Lady Tressilian já estava pronta para dormir. Todas as luzes estavam apagadas, exceto o abajur de leitura ao lado da cama. Ela estivera lendo, mas já colocara o livro de lado. Olhou para Nevile por cima dos óculos, um olhar formidável.

— Quero falar com você, Nevile.

Sem conseguir evitar, ele deu um pequeno sorriso.

— Pois não, senhora diretora.

Lady Tressilian não achou graça.

— Há certas coisas, Nevile, que não permitirei em minha casa. Não costumo bisbilhotar conversas privadas, mas se você e sua esposa fazem questão de ficar aos berros bem debaixo da minha janela, não posso evitar ouvi-los. Pelo que entendi, seu plano é divorciar-se de Kay e, mais adiante, casar-se mais uma vez com Audrey. Isso, Nevile, é algo que você simplesmente não pode fazer, e eu não quero nem ouvir falar a respeito.

Nevile parecia estar se esforçando para manter a calma.

— Peço desculpas pela cena — disse ele. — Quanto ao resto, acho que é problema meu.

— Não é, não. Você usou a minha casa para se reencontrar com Audrey... ou foi Audrey quem usou...

— Ela não fez nada disso. Ela...

Lady Tressilian o interrompeu, levantando a mão.

— Seja como for, você não pode fazer isso. Kay é sua esposa. Ela tem certos direitos, dos quais você não pode privá-la. Neste assunto, estou totalmente do lado de Kay. Você fez a cama, agora deite-se. Seu dever é com Kay, e estou lhe dizendo com todas as letras...

Nevile deu um passo à frente e levantou a voz:

— Você não tem nada a ver com isso...

— Ademais — continuou Lady Tressilian, ignorando o protesto —, Audrey partirá amanhã...

— Não pode fazer isso! Não vou aceitar...

— Não grite comigo, Nevile.

— Estou lhe dizendo que não vou aceitar...

Em algum lugar do corredor, uma porta se fechou...

Alice Bentham, a camareira, foi falar com Mrs. Spicer, a cozinheira. Estava muito perturbada.

— Ah, Mrs. Spicer, não sei o que fazer.

— Qual o problema, Alice?

— É Miss Barrett. Levei para ela uma xícara de chá faz uma hora. Ela estava dormindo, e eu não quis incomodar. Voltei até lá cinco minutos atrás, porque ela ainda não tinha descido e o chá de Lady Tressilian estava pronto para que ela o levasse. Encontrei-a ainda adormecida e... não consegui acordá-la.

— Deu uma boa sacudida?

— Sim, Mrs. Spicer, mas ela continua dormindo e está com uma cor estranha.

— Ah, meu Deus, ela não está morta, está?

— Não está, Mrs. Spicer, pois ainda respira, mas é uma respiração um tanto estranha. Deve estar doente.

— Vou subir e dar uma olhada. Leve o chá de Lady Tressilian, mas é melhor preparar outro. Ela vai querer saber o que está acontecendo.

Alice obedeceu às instruções, enquanto Mrs. Spicer foi até o segundo andar.

Segurando a bandeja, Alice bateu à porta do quarto de Lady Tressilian. Depois de bater duas vezes e não ouvir resposta, entrou. Logo em seguida, ouviu-se um estrondo de louça quebrada e uma série de gritos, e Alice saiu correndo do quarto. Desceu as escadas e encontrou Hurstall, que vinha do hall para a sala de jantar.

— Ah, Mr. Hurstall... Houve um assalto, e Lady Tressilian está morta... Assassinada... Tem um buraco enorme na cabeça dela e sangue por todo lado...

# Um toque delicado

O Superintendente Battle aproveitara as férias. Mas ainda restavam três dias, e ele ficou um pouco desapontado quando o clima mudou e as chuvas começaram. O que mais se poderia esperar na Inglaterra? Tivera muita sorte, até então.

Estava tomando café da manhã com o Inspetor James Leach, seu sobrinho, quando o telefone tocou.

— Irei imediatamente, senhor — disse Jim, colocando o telefone no gancho.

— É grave? — perguntou Battle, percebendo a expressão do sobrinho.

— Um assassinato. Lady Tressilian. Uma velha senhora, muito conhecida na região, que vivia acamada. Mora naquela casa em Saltcreek, que fica na beirada do penhasco.

Battle assentiu e continuou:

— Preciso me encontrar com o velhote. — Era como ele se referia, sem consideração, ao chefe de polícia. — Era amigo dela. Iremos até lá juntos.

Quando já estava quase na porta, o sobrinho disse:

— Será que poderia me dar uma ajuda, tio? É o primeiro caso desse tipo que assumo.

— Já estou aqui mesmo... Foi um caso de arrombamento e roubo?

— Ainda não sei.

Meia hora depois, o Major Robert Mitchell, chefe de polícia, conversava em tom sério com a dupla.

— Ainda é cedo para conclusões — disse ele —, mas uma coisa está clara: não foi ninguém de fora. Nada foi levado, não há sinais de arrombamento. Todas as janelas e portas estavam fechadas.

Ele olhou diretamente para Battle.

— Acha que, se eu pedisse para a Scotland Yard, eles atribuiriam este caso a você? Afinal, já está aqui e é parente de Leach. Quer dizer, se você quiser. Implicaria em encurtar suas férias.

— Por mim, tudo bem — concordou Battle. — Quanto ao resto, senhor, terá de falar com Sir Edgar. — Sir Edgar Cotton era o comissário. — Mas acredito que ele seja seu amigo.

Mitchell assentiu.

— Sim, posso lidar com Edgar. Então, está decidido! Tratarei de tudo agora mesmo. — Ele falou ao telefone: — Ligue para a Yard!

— Acha que esse caso terá repercussão, senhor? — perguntou Battle.

Mitchel respondeu, sério:

— É um caso em que não podemos admitir nem a possibilidade de erro. Temos que ter certeza absoluta sobre o culpado. Ou a culpada, é claro.

Battle assentiu. Percebera claramente que havia algo por trás daquelas palavras.

"Ele acha que sabe quem foi", pensou. "E não está gostando da ideia. É alguém bem conhecido e estimado, ou eu como meu chapéu!"

Battle e Leach estavam na porta do quarto, que era bonito e bem-mobiliado. Ajoelhado no chão, em frente aos dois, um policial procurava impressões digitais em um pesado taco de golfe. Havia sangue na ponta do taco, onde alguns fios de cabelo branco tinham ficado grudados.

Ao lado da cama, o Dr. Lazenby, que atuava junto à polícia local, estava inclinado sobre o corpo de Lady Tressilian.

Ele se levantou com um suspiro.

— É um caso simples. Ela foi atingida de frente, com muita força. A primeira pancada já quebrou o crânio e a matou, mas o assassino continuou batendo, para ter certeza. Sem usar palavras difíceis, esse é o resumo do que aconteceu.

— Há quanto tempo ela está morta? — perguntou Leach.

— Faleceu entre 22h e meia-noite.

— Não pode ser mais preciso?

— Prefiro não tentar. Há muitos fatores a serem levados em conta. Hoje em dia, ninguém mais vai para a forca com base apenas em *rigor mortis*. Mas posso dizer que *não foi antes das 22h, nem depois da meia-noite.*

— Ela foi atingida com este taco de golfe?

O médico deu uma olhada no objeto.

— Presumo que sim. Muita sorte o assassino ter deixado isso para trás. Teria sido difícil deduzir a arma usada a partir do ferimento. Parece que a beirada afiada do taco não a atingiu, só a parte curva.

— Isso não seria bem improvável? — perguntou Leach.

— Seria difícil fazê-lo de propósito — concordou o médico. — Só posso concluir que aconteceu desse modo por puro acaso.

Leach moveu os braços, instintivamente tentando reconstituir o ataque.

— Posição meio complicada — comentou.

— Sim — disse o médico, pensativo. — A coisa toda é meio complicada. Ela foi atingida, veja, na têmpora direita. Mas quem quer que tenha feito isso teria que estar do lado direito da cama, de frente para a cabeceira, pois não há espaço do lado esquerdo, a distância da parede é muito pequena.

Leach ficou atento.

— Um canhoto? — perguntou.

— Não posso me comprometer com essa afirmação — disse Lazenby. — Há muitos detalhes. Posso dizer, se quiserem, que a explicação mais simples é que o assassino seja canhoto, mas haveria outras explicações possíveis. Imagine, por exemplo, que a vítima tivesse virado a cabeça para a esquerda no momento do golpe. Ou o assassino pode ter movido a cama, ficado do lado esquerdo e depois colocado a cama de volta.

— Improvável, essa última hipótese.

— Talvez, mas *poderia* ter acontecido. Tenho alguma experiência com essas coisas, meu jovem, e posso lhe dizer que chegar à conclusão de que um golpe foi desferido com a mão esquerda é um processo cheio de armadilhas.

O Detetive Sargento Jones, que estava ajoelhado, comentou:

— O taco de golfe é do tipo tradicional, para destros.

Leach assentiu e falou:

— Ainda assim, talvez ele não pertença ao homem que o usou. Suponho que *tenha sido* um homem, certo, doutor?

— Não necessariamente. Se a arma do crime é este taco pesado, então uma mulher também poderia ter acertado um golpe bem forte.

O Superintendente Battle disse, em voz baixa:

— Mas o senhor não poderia jurar que esta foi a arma, poderia, doutor?

Lazenby lançou-lhe um olhar rápido.

— Não. Posso apenas jurar que esta *pode* ter sido a arma, e que ao que tudo indica *foi* a arma. Vou analisar o sangue, confirmar que é do mesmo tipo, e também os fios de cabelo.

— Sim — disse Battle, com ar de aprovação. — É sempre bom tomar todo o cuidado.

Lazenby perguntou, curioso:

— Tem alguma dúvida quanto ao taco de golfe, superintendente?

Battle balançou a cabeça.

— Não, não. Eu sou um homem simples, gosto de acreditar no que estou vendo com meus próprios olhos. Ela foi atingida com algo pesado, e isto aqui é bem pesado. Há sangue e fios de cabelo aqui, que presumivelmente pertencem a ela. Portanto, eis a arma do crime.

— Ela estava dormindo ou acordada, quando foi atingida? — perguntou Leach.

— Na minha opinião, estava acordada. A expressão em seu rosto demonstra surpresa. É apenas minha opinião, mas eu diria que ela não esperava pelo que aconteceu. Não há sinais de que tenha tentado escapar, e a expressão não é de horror ou de medo. Em um primeiro momento, eu diria que ela tinha acabado de acordar e estava desorientada, ou então que reconheceu no agressor alguém que nunca lhe faria mal.

— Somente o abajur ao lado da cama estava aceso — disse Leach, pensativo.

— Sim, mas isso não quer dizer nada. Ela pode tê-lo acendido quando foi acordada de repente pela entrada de alguém, ou talvez já estivesse aceso.

O Detetive Sargento Jones se levantou. Exibia um sorriso satisfeito.

— Um ótimo conjunto de impressões digitais no taco. Perfeitamente nítidas!

Leach respirou aliviado.

— Isso vai facilitar as coisas.

— Que assassino atencioso — disse o Dr. Lazenby. — Deixou para trás a arma do crime, ainda por cima com suas impressões digitais. Deixasse logo um cartão de visitas!

— Pode ser — disse o Superintendente Battle — que tenha entrado em pânico. Acontece.

O médico assentiu.

— É verdade. Bem, preciso ir cuidar da outra paciente.

— Qual paciente? — Battle mostrou um interesse repentino.

— Fui chamado pelo mordomo antes mesmo que esta morte fosse descoberta. A camareira de Lady Tressilian foi encontrada em coma esta manhã.

— O que houve com ela?

— Foi dopada com uma dose fortíssima de barbitúricos. Está muito mal, mas vai sobreviver.

— A camareira? — disse Battle. Seu olhar se dirigiu ao cordão do sino e à borla que estava no travesseiro ao lado da cabeça da vítima.

Lazenby assentiu.

— Exatamente. A primeira coisa que Lady Tressilian teria feito se ficasse assustada seria puxar esse cordão e chamar a camareira. Só que teria puxado até ficar vermelha, porque a outra não teria ouvido nada.

— Alguém garantiu isso, não é? — disse Battle. — Tem certeza de que ela não tinha o hábito de tomar algum remédio para dormir?

— Tenho certeza de que não. Nada no quarto dela indica isso. E já descobri como a droga foi administrada. No chá de sene. Ela sempre bebia esse chá antes de dormir, e o sedativo estava lá.

O Superintendente Battle coçou o queixo.

— Parece que alguém sabia tudo a respeito dos hábitos desta casa. Meu caro doutor, este é um assassinato bastante estranho.

— Bom, isso é com *você* — declarou Lazenby.

— Sujeito decente, esse médico — disse Leach, depois que Lazenby saiu.

Os dois estavam a sós no quarto. Fotografias tinham sido tiradas, medidas tinham sido anotadas. Os dois oficiais estavam de posse de todos os dados a respeito do quarto no qual o crime tinha sido cometido.

Battle assentiu em resposta ao comentário do sobrinho. Parecia incomodado com alguma coisa.

— Acha que alguém poderia ter usado este taco, usando luvas, digamos, depois que essas impressões digitais já estavam nele?

Leach balançou a cabeça.

— Não, e você também não acha. Não daria para segurar o taco e *usá-lo* sem borrar as impressões. E elas não estão borradas, estão bem nítidas. Você mesmo viu.

Battle concordou.

— Agora pediremos com educação e gentileza que todos permitam a coleta de suas impressões digitais. Ninguém será obrigado, é claro. Mas todos dirão que sim, e então podem acontecer duas coisas: ou nenhuma impressão vai coincidir com as do taco, ou...

— Ou então apanharemos nosso assassino? — perguntou Leach.

— Espero que sim. Ou nossa assassina, talvez.

Leach balançou a cabeça.

— Não foi uma mulher. As impressões no taco são de um homem. Muito grandes para serem de uma mulher. Além disso, este crime não tem um estilo feminino.

— Não — concordou Battle. — Tem um estilo bem masculino. Brutal, vigoroso, atlético e estúpido. Conhece alguém na casa com essas características?

— Ainda não conheço ninguém na casa. Estão todos na sala de jantar.

Battle foi em direção à porta.

— Vamos dar uma olhada neles.

Ele espiou por cima do ombro na direção da cama, balançou a cabeça e comentou:

— Não estou gostando daquele cordão do sino.

— O que tem ele?

— Não se encaixa. — Abrindo a porta, acrescentou: — Quem poderia querer matá-la, eu me pergunto. Há muitas velhotas insuportáveis por aí, praticamente pedindo para levar uma pancada na cabeça. Mas ela não parece ser desse tipo. Imagino que fosse *querida*. — Fez uma pausa, depois disse: — Era rica? Quem fica com a herança?

Leach percebeu o sentido daquelas palavras.

— Mas é isso! Essa é a resposta. Uma das primeiras coisas que devemos averiguar.

Enquanto desciam as escadas, Battle olhava a lista que tinha na mão. Leu em voz alta:

— Miss Aldin, Mr. Royde, Mr. Strange, Mrs. Strange, Mrs. Audrey Strange. Ora, quantos da família Strange.

— São as duas esposas dele, pelo que entendi.

As sobrancelhas de Battle se levantaram, e ele murmurou:

— É o Barba Azul?

Encontraram todos em torno da mesa de jantar, onde fingiam estar concentrados na refeição.

O Superintendente Battle passou um olhar atento pelos rostos. Ele os estava avaliando, usando seus métodos peculiares. Teriam ficado surpresos com o que pensava deles, se soubessem. Era um ponto de vista bastante enviesado. Apesar da lei afirmar que todos são inocentes até prova em contrário, Battle sempre considerava todos os envolvidos em um caso como aquele assassinos em potencial.

Seu olhar foi de Mary Aldin, ereta e pálida na ponta da mesa, para Thomas Royde, que enchia o cachimbo ao seu lado, para Audrey, sentada em uma cadeira mais afastada, com uma xícara de café na mão direita e um cigarro na esquerda, para Nevile, que parecia confuso e atordoado, tentando acender o próprio cigarro com a mão trêmula, para Kay, com cotovelos apoiados na mesa e a palidez do rosto transparecendo através da maquiagem.

Estes eram os pensamentos do Superintendente Battle: "Aquela deve ser Mary Aldin. Calma e competente, eu diria. Difícil pegá-la desprevenida. O homem ao seu lado é um enigma... tem um braço deficiente... rosto impassível de jogador de pôquer, talvez apresente um complexo de inferioridade. Aquela ali deve ser uma das esposas... está apavorada... definitivamente apavorada. Essa xícara de café é interessante. Aquele é o Strange, já o vi antes em algum lugar. Está tremendo... tem os nervos em frangalhos. A ruiva parece ser osso duro de roer... criatura explosiva. Mas tem cabeça, também".

Enquanto ele os avaliava, o Inspetor Leach fazia um pequeno discurso ensaiado. Mary Aldin mencionou os nomes de todos os presentes.

Ela terminou dizendo:

— Foi um choque terrível para todos nós, é claro, e estamos ansiosos para oferecer toda a ajuda possível.

— Para começar — disse Leach —, o que sabem sobre este taco de golfe?

Com um breve grito, Kay disse:

— Que coisa horrível! Foi com isso que...?

Nevile Strange levantou-se e deu a volta na mesa.

— Parece um dos meus. Posso ver?

— *Agora* já não há problema — disse o Inspetor Leach. — Pode pegar.

Aquele "agora" tão significativo não pareceu causar nenhuma reação nos presentes. Nevile examinou o taco.

— Acho que pertence à minha coleção, sim — disse ele. — Poderei dizer com certeza em um minuto, se vierem comigo.

Eles o seguiram até um grande armário embaixo da escada. Nevile abriu a porta e, aos olhos confusos de Battle, o que havia lá dentro era uma confusão de raquetes de tênis.

Ele então se lembrou de onde conhecia Nevile Strange. Não demorou a dizer:

— Eu o vi jogar em Wimbledon, senhor.

— Ah, é? — disse Nevile, virando um pouco a cabeça.

Ele estava colocando de lado algumas das raquetes. Havia duas sacolas com tacos de golfe dentro do armário, ao lado do equipamento de pesca.

— Só eu e minha esposa jogamos golfe — explicou Nevile. — E esse taco aí é masculino. É isso mesmo... é um dos meus.

Ele tinha aberto sua sacola, que continha ao menos catorze tacos.

O Inspetor Leach pensou: "Esses sujeitos atléticos se levam muito a sério. Eu não gostaria de ter que carregar essa sacola".

Nevile estava dizendo:

— Foi fabricado por Walter Hudson, de St. Esbert's.

— Obrigado, Mr. Strange. Isso resolve uma das questões.

— O que me intriga é que nada foi levado — disse Nevile. — E não parece que a casa tenha sido arrombada.

Seu tom era de alguém intrigado, mas também assustado.

"Eles estiveram refletindo...", pensou Battle.

— Os criados — disse Nevile — são perfeitamente inofensivos.

— Conversaremos com Miss Aldin a respeito dos criados — disse o Inspetor Leach, com suavidade. — Enquanto isso, poderia nos dizer quem são os advogados de Lady Tressilian?

— Askwith & Trelawny, em St. Loo — respondeu Nevile.

— Obrigado, Mr. Strange. Eles nos dirão tudo sobre as propriedades de Lady Tressilian.

— Quer saber quem vai ficar com a herança? — perguntou Nevile.

— Isso mesmo, senhor. O que diz o testamento, coisas desse tipo.

— Não estou informado sobre o testamento. Ela não tinha muito que fosse realmente dela, que eu saiba. Mas posso falar sobre a maior parte das propriedades.

— Como assim, Mr. Strange?

— Virá tudo para mim e minha esposa, de acordo com o testamento do falecido Sir Matthew Tressilian. Lady Tressilian exercia apenas o usufruto.

— É mesmo? — O Inspetor Leach olhou para Nevile com toda a atenção de alguém que nota uma adição valiosa para sua coleção de estimação. Seu olhar fez Nevile se encolher, nervoso. O Inspetor Leach continuou falando, e sua voz era muito cordial: — Faz ideia do montante, Mr. Strange?

— Não poderia dizer assim, de cabeça. Acredito que esteja mais ou menos em torno de cem mil libras.

— Ora, ora. Para cada um?

— Não, para os dois.

— Entendo. Um valor considerável.

Nevile sorriu e disse:

— Eu tenho tudo de que necessito para viver, sem desejar a morte de ninguém.

O Inspetor Leach pareceu chocado ao ver tais ideias atribuídas a ele.

Voltaram até a sala de jantar, e Leach declamou seu próximo discurso. Esse tratava da coleta de impressões digitais, questão de rotina, para eliminar as digitais de todos da casa que tinham estado no quarto da vítima.

Todos se mostraram dispostos, ansiosos até, para terem suas impressões digitais colhidas. Para isso, foram levados até a biblioteca, onde o Detetive Sargento Jones os aguardava com um pequeno rolo de tinta.

Battle e Leach foram conversar com os criados.

Não conseguiram muita coisa. Hurstall explicou sua rotina para trancar a casa e jurou ter encontrado tudo intocado pela manhã. Não havia sinal de entrada de nenhum invasor. A porta da frente, disse ele, estivera trancada, mas não com a tranca especial, ou seja, podia ser aberta por fora com uso da chave. Tinha sido deixada assim porque Mr. Nevile fora até Easterhead Bay e voltaria tarde.

— Sabe a que horas ele chegou?

— Sim, senhor, acho que eram 2h30. Acredito que havia mais alguém com ele, pois ouvi vozes e um carro indo embora. Depois a porta se fechou, e Mr. Nevile subiu as escadas.

— A que horas ele saiu ontem à noite, para ir até Easterhead Bay?

— Mais ou menos às 22h20. Ouvi quando bateu a porta.

Leach assentiu. Não havia muito mais o que tirar de Hurstall naquele momento. Interrogou os outros, e estavam todos um pouco nervosos e temerosos, mas não mais do que seria de se esperar naquelas circunstâncias.

Leach lançou um olhar questionador para o tio depois que a porta se fechou atrás da ajudante de cozinha um tanto histérica, que fora a última a ser interrogada.

— Chame a empregada de volta — pediu Battle. — Não a de olhos arregalados... aquela alta e magra, mal-humorada. Ela sabe de alguma coisa.

Era nítido que Emma Wales estava desconfortável. Ficou alarmada ao perceber que agora seria o homem mais velho e de ombros mais largos que faria as perguntas.

— Vou lhe dar um pequeno conselho, Miss Wales — disse Battle, com simpatia. — Não é boa ideia esconder fatos da polícia. Faz com que a vejam sob um ângulo desfavorável, se é que me entende...

Emma Wales protestou com indignação, mas sem muita segurança.

— Tenho certeza de que jamais...

— Calma, calma. — Battle levantou sua grande mão quadrada. — Sei que você viu ou ouviu alguma coisa. O que foi?

— Eu não ouvi de propósito... Quero dizer, não pude deixar de ouvir... Mr. Hurstall também ouviu. E eu não achei, nem por um momento, que pudesse estar relacionado ao assassinato.

— Provavelmente não, provavelmente não. Conte o que foi.

— Bem, eu estava indo para a cama. Passava um pouco das 22h... e fui ao quarto de Miss Aldin para colocar uma bolsa de água quente sob as cobertas. Seja verão ou inverno, ela sempre usa uma. Assim, tive que passar bem em frente à porta do quarto de Lady Tressilian.

— Prossiga — disse Battle.

— Ouvi Lady Tressilian e Mr. Nevile discutindo muito, em voz alta. Ele estava gritando. Era uma briga de verdade!

— Consegue se lembrar do que foi dito, exatamente?

— Veja, eu não estava me esforçando para escutar.

— Claro que não. Mas deve ter compreendido algumas palavras.

— Lady Tressilian dizia que não permitiria alguma coisa na casa dela, e Mr. Nevile disse: "Não se atreva a falar mal dela". Ele estava bem nervoso.

Battle, com o rosto impassível, ainda insistiu um pouco, mas não conseguiu que ela dissesse mais nada. Afinal, permitiu que se retirasse.

Ele e Jim se olharam. Depois de um minuto, Leach disse:

— Jones já deve poder nos dizer alguma coisa sobre as digitais.

— Quem está examinando os quartos? — perguntou Battle.

— Williams. Ele é muito competente, não vai deixar passar nada.

— Os ocupantes estão sendo mantidos fora?

— Sim, até que ele termine.

A porta se abriu, e o jovem Williams colocou a cabeça para dentro.

— Vocês precisam ver isto. No quarto de Mr. Nevile Strange.

Eles se levantaram e seguiram o jovem até o anexo no lado oeste da casa.

Williams apontou para uma pilha de roupas no chão. Um paletó azul-marinho, calças e um colete.

Leach perguntou de súbito:

— Onde você encontrou isso?

— Socado no fundo do armário. Agora veja *isto*, senhor.

Ele levantou o paletó e mostrou o tecido dos punhos.

— Está vendo essas manchas escuras? Isto é sangue ou eu não me chamo Williams. E olhe aqui, há respingos por toda a manga.

— Sim — murmurou Battle, evitando o olhar do outro. — Isso não ajuda o jovem Nevile, devo dizer. Há algum outro paletó no quarto?

— Há um terno cinza risca de giz, dobrado sobre a cadeira. E há muita água no chão do banheiro, embaixo da pia.

— Como se alguém estivesse com muita pressa para lavar o sangue das mãos? Sim, mas a pia fica perto da janela aberta, e deve ter entrado bastante chuva.

— Não o suficiente para formar poças como essas, senhor. Elas ainda nem secaram.

Battle estava em silêncio. Uma imagem estava se formando em sua mente. Um homem com sangue nas mãos e nas mangas, tirando a roupa, amassando os tecidos ensanguentados dentro do armário, jogando água furiosamente nas mãos e nos braços.

Ele olhou para a porta que havia na outra parede.

Williams acompanhou aquele olhar.

— Ali fica o quarto de Mrs. Strange, senhor. A porta está trancada.

— Trancada? Deste lado?

— Não, do outro lado.

— Do lado dela, hein?

Battle pensou um pouco, depois disse:

— Vamos falar com o velho mordomo novamente.

Hurstall estava nervoso. Leach falou com rispidez:

— Por que não nos contou, Hurstall, que ouviu uma discussão entre Mr. Strange e Lady Tressilian, na noite passada?

O homem piscou.

— Não pensei muito no assunto, senhor. Não acredito que fosse o que poderíamos chamar de uma briga... não foi nada mais que uma amigável divergência de opiniões.

Resistindo à tentação de dizer "amigável divergência de opiniões uma ova!", Leach continuou:

— Qual terno Mr. Strange estava usando ontem, no jantar?

Hurstall hesitou. Battle disse, em voz baixa:

— O azul-marinho ou o cinza risca de giz? Se não se lembrar, podemos perguntar aos outros.

Hurstall quebrou seu silêncio.

— Já me lembrei, senhor. Era o azul-marinho. A família não tem o hábito de trocar de roupa para a noite, durante os meses de verão. Costumam sair para passear depois do jantar... às vezes até o jardim, outras vezes até o cais — terminou de dizer, ansioso para manter sua reputação.

Battle assentiu. Hurstall saiu da sala e passou por Jones na porta. Jones estava em polvorosa.

— Resolvido, senhor. Tiramos as impressões digitais de todos, e só uma amostra coincide. É claro que só pudemos fazer uma análise aproximada, por enquanto, mas tenho certeza da identificação.

— E então? — perguntou Battle.

— As impressões no taco, senhor, *são de Mr. Nevile Strange*.

Battle inclinou-se na cadeira.

— Bem — disse ele —, isso resolve a questão, certo?

Estavam no escritório do chefe de polícia. Três homens com expressões graves e preocupadas.

O Major Mitchell falou, em um suspiro:

— Imagino que não nos reste mais nada a não ser prendê-lo?

Leach respondeu, em voz baixa:

— É o que parece, senhor.

Mitchell olhou para o Superintendente Battle.

— Anime-se, Battle, não foi o seu melhor amigo que morreu.

O Superintendente Battle também suspirou.

— Não gosto dessa história — disse ele.

— Ninguém aqui gosta — comentou Mitchell. — Mas temos provas suficientes para pedir um mandado de prisão.

— Mais do que suficientes — concordou Battle.

— De fato, se não pedíssemos o mandado, poderiam perguntar o que diabos estamos fazendo.

Battle assentiu, com expressão triste.

— Vamos acabar logo com isso — disse o chefe de polícia. — Temos o motivo: Strange e a esposa herdarão uma quantia considerável com a morte da velha. Ele foi o último a vê-la com vida, e teve uma briga com ela. O terno que estava usando tem manchas de sangue e, o pior de tudo, suas impressões digitais estão na arma do crime, e *são as únicas*.

— Ainda assim — disse Battle —, *o senhor* também não gosta dessa história.

— De fato.

— Do que exatamente não gosta, senhor?

O Major Mitchell coçou o nariz.

— Não acha que o sujeito ficou parecendo um pouco idiota demais? — sugeriu.

— Criminosos às vezes se comportam como idiotas, senhor.

— Eu sei, eu sei. E o que seria de nós se não o fizessem...?

Battle se voltou para Leach.

— Do que é que *você* não gosta, Jim?

Leach se mexeu, desconfortável.

— Eu sempre admirei Mr. Strange. Já o vi por aqui algumas vezes, ao longo dos anos. É um cavalheiro... e um esportista.

— Não entendo — disse Battle, devagar — por que um bom tenista não pode ser também um assassino. Nada impede. — Ele fez uma pausa e continuou: — Do que *eu* não gosto é esse taco de golfe.

— O taco? — perguntou Mitchell, um tanto confuso.

— Sim, senhor. E do sino. O sino ou o taco, mas não os dois. — Ele continuou, em seu tom de voz cauteloso. — O que acreditamos que aconteceu? Mr. Strange foi até o quarto dela, brigaram, ele se descontrolou e a atingiu na cabeça? Se foi assim, sem premeditação, por que ele estava com um taco de golfe? Não é o tipo de coisa que se carrega por aí, ainda mais durante a noite.

— Talvez ele estivesse praticando uns movimentos, algo assim.

— Pode ser. Mas ninguém testemunhou ter visto isso. A última vez que alguém o viu com um taco na mão foi uma semana antes, quando praticou na praia. Do meu ponto de vista, as duas possibilidades são excludentes. Pode ter havido uma briga e ele pode ter se descontrolado, mas já o vi jogar em torneios, nos quais essas estrelas do tênis ficam com os nervos à flor da pele, e os temperamentais são fáceis de identificar. Eu nunca nem sequer percebi Mr. Strange nervoso. Acho que ele tem um excelente autocontrole, melhor que o da maioria, e mesmo assim estamos sugerindo que ele ficou fora de si e agrediu uma frágil e idosa senhora na cabeça.

— Há uma alternativa, Battle — disse o chefe de polícia.

— Eu sei, senhor. Tudo pode ter sido premeditado. Ele queria o dinheiro. Nessa teoria se encaixa o sino, que requereu que a camareira fosse dopada, mas aí o taco e a briga *não* se encaixam. Pelo contrário, se ele estivesse decidido a matá-la, teria o cuidado de *não* brigar com ela. Poderia dopar a camareira, esgueirar-se até o quarto no meio da noite, atingi-la na cabeça, encenar um roubo, limpar o taco e colocá-lo cuidadosamente de volta onde estava! Está tudo errado, senhor... é uma mistura de premeditação fria com violência inesperada... e essas duas coisas não combinam!

— O que você diz faz sentido, Battle. Mas... qual a alternativa?

— É o taco de golfe que me deixa intrigado, senhor.

— Nenhuma outra pessoa poderia tê-la agredido com aquele taco sem borrar as impressões digitais de Nevile... Isso é fato.

— Sendo assim — disse o Superintendente Battle —, ela deve ter sido atingida com algum outro objeto.

O Major Mitchell respirou fundo.

— Essa é uma hipótese meio forçada, não?

— Questão de lógica, senhor. Ou o taco foi usado por Strange, ou não foi usado por ninguém. Estou inclinado a pensar que não foi usado por ninguém. Nesse caso, foi colocado lá de propósito, e o sangue e os fios de cabelo foram plantados. O Dr. Lazenby também não ficou muito satisfeito com o taco... mas teve que aceitá-lo, porque estava muito na cara, e ele não poderia afirmar que *não tinha* sido usado.

O Major Mitchell se reclinou na cadeira.

— Vá em frente, Battle. Estou lhe dando carta branca. Qual o próximo passo?

— Se deixarmos o taco de lado, o que é que sobra? Em primeiro lugar, o motivo. Nevile Strange tinha mesmo motivo para matar Lady Tressilian? Há uma herança, mas a questão é saber se precisava tanto assim desse dinheiro. Ele diz que não. Sugiro que verifiquemos isso, investiguemos sua situação financeira. Se estiver em apuros, o caso contra ele fica muito fortalecido. Se, por outro lado, ele diz a verdade e está com as finanças em ordem, então...

— Então o quê?

— Então teremos que investigar os possíveis motivos das *outras* pessoas na casa.

— Você acha que Nevile Strange pode estar sendo incriminado?

O Superintendente Battle franziu a testa.

— Li em algum lugar uma frase que me marcou. Algo sobre um toque delicado. É o que estou percebendo nessa história. Por fora, é um crime brutal e fácil de entender, mas vislumbro mais alguma coisa... um toque delicado por trás de tudo...

Houve uma longa pausa enquanto o chefe de polícia olhava para Battle.

— Talvez você esteja certo — disse ele, afinal. — Maldição, acho que existe, sim, *algo* de esquisito com esse caso. Você tem alguma ideia, algum plano?

Battle coçou o queixo.

— Sempre prefiro seguir o curso óbvio de ação. Tudo foi montado para nos fazer suspeitar de Mr. Nevile Strange. Então, suspeitemos dele. Não precisamos chegar a prendê-lo, mas podemos interrogá-lo, pressioná-lo... e observar as reações dos demais. Vamos checar seu depoimento, passar um pente-fino em tudo o que ele fez naquela noite. Deixemos nossas intenções bem evidentes.

— Que maquiavélico — disse o Major Mitchell, com um sorriso. — Teremos o ator Battle imitando um policial estúpido.

O superintendente sorriu.

— Gosto de fazer o que esperam de mim, senhor. Desta vez, pretendo ir devagar, demorar um pouco. Precisamos investigar, e demonstrar suspeita com relação a Mr. Nevile Strange é uma boa desculpa para uma investigação. Desconfio que coisas bem estranhas têm acontecido naquela casa.

— Do ponto de vista sexual?

— Se quiser colocar dessa forma, senhor.

— Faça do seu jeito, Battle. Você e Leach prossigam como quiserem.

— Obrigado, senhor.

Battle se levantou.

— Nada dos advogados, ainda?

— Não. Liguei para eles, conheço bem o Trelawny, vão me mandar cópias tanto do testamento de Sir Matthew quanto do de Lady Tressilian. Ela recebia cerca de quinhentas libras por ano, investidas em títulos do governo. Deixou um pouco para Barrett, outro pouco para Hurstall e o resto para Mary Aldin.

— Vamos ficar de olho nesses três — disse Battle.

Mitchel achou divertido.

— Você é um sujeito desconfiado, hein?

— Não devemos nos deixar hipnotizar por cinquenta mil libras — disse Battle, com firmeza —, quando muitos assassinatos já foram cometidos por menos de cinquenta. Tudo depende do quanto a pessoa precisa de dinheiro. Barrett receberá uma herança, e talvez tenha tomado o cuidado de dopar a si mesma para evitar suspeitas.

— Ela quase morreu. O Dr. Lazenby ainda não nos deixou interrogá-la.

— Pode ter exagerado a dose por ignorância, quem sabe. Por outro lado, não sabemos se Hurstall estava precisando de dinheiro. E se Mary Aldin não tem nada que seja realmente seu, talvez tenha decidido aproveitar a vida com certa renda antes que seja tarde demais.

O chefe de polícia não parecia muito convencido.

— Bem, é com vocês. Prossigam com o trabalho.

Tendo retornado à Bico da Gaivota, os dois oficiais receberam os relatórios de Jones e Williams.

Nenhum item suspeito fora encontrado nos quartos. Os criados pediam permissão para voltar ao trabalho.

— Deixe que voltem — disse Battle. — Só vou dar uma olhada nos dois andares superiores. Quartos que não são arrumados com muita frequência dizem muito sobre seus ocupantes.

O Detetive Sargento Jones colocou uma pequena caixa de papelão sobre a mesa.

— Tirado do terno azul-marinho de Mr. Nevile Strange — anunciou. — Os fios de cabelo ruivos estavam no punho, os fios de cabelo loiro, por dentro do colarinho e no ombro direito.

Battle apanhou dois longos fios ruivos e a meia dúzia de fios loiros e os observou. Depois disse, com um brilho nos olhos:

— Que conveniente. Uma loira, uma ruiva e uma morena na casa. Cabelo ruivo no punho, loiro no colarinho? Mr. Nevile Strange parece mesmo ser um pouco Barba Azul, com um braço em torno de uma esposa e a cabeça da outra apoiada no ombro.

— O sangue na manga está sendo analisado, senhor. Vão nos telefonar assim que tiverem algum resultado.

Leach assentiu.

— E quanto aos criados?

— Segui suas instruções, senhor. Nenhum deles está cumprindo aviso prévio ou parece ter qualquer rancor em relação à velha senhora. Ela era rigorosa, mas querida. De qualquer forma, a administração doméstica fica a cargo de Miss Aldin, que parece ser muito estimada por eles.

— Percebi que era eficiente assim que coloquei os olhos nela — disse Battle. — Se for nossa assassina, não será fácil levá-la à forca.

Jones ficou surpreso.

— Mas as impressões digitais no taco, senhor, eram de...

— Eu sei, eu sei — disse Battle. — O excepcionalmente atencioso Mr. Strange. Há uma crença generalizada de que atletas não têm muita coisa na cabeça, uma crença nem um pouco correta, diga-se de passagem, mas não acredito que

Nevile Strange seja um completo idiota. E quanto ao chá de sene que a camareira tomou?

— As favas de sene ficam na estante do banheiro dos criados, no segundo andar. Ela costuma colocá-las de molho ao meio-dia, e lá ficavam até ela ir para a cama, à noite.

— De modo que qualquer um teria acesso a elas! Qualquer um de dentro da casa, pelo menos.

Leach falou com convicção:

— Foi alguém aqui de dentro, com certeza.

— Sim, eu concordo. Não que o ambiente fosse inacessível. Não é. Qualquer um com a chave poderia ter aberto a porta e entrado. Nevile Strange estava com a chave ontem à noite, mas seria fácil fazer uma cópia, ou mesmo abrir a porta usando um pedaço de arame. Mas não posso imaginar um estranho sabendo tudo a respeito do sino e do chá que Barrett costuma tomar antes de dormir! Esse conhecimento é de alguém de dentro! Venha, Jim, meu garoto. Vamos subir e ver esse banheiro e todo o resto.

Foram até o andar de cima. Primeiro, viram um depósito cheio de mobília quebrada e tralha de todo tipo.

— Não vasculhei esse aposento, senhor — disse Jones. — Eu não saberia...

— O que estava procurando? — completou Battle. — Correto. Seria perda de tempo. A julgar pela poeira no chão, ninguém entrou aí nos últimos seis meses.

Os quartos dos criados eram naquele andar, assim como dois outros quartos vagos e um banheiro. Battle espiou cada um, notando que Alice, a empregada de olhos arregalados, dormia com a janela fechada; que Emma, a magricela, tinha muitos parentes, cujos retratos ocupavam toda a tampa de sua cômoda; que Hurstall tinha algumas peças de porcelana de boa qualidade, porém trincadas.

O quarto da cozinheira era muito arrumado, o da ajudante de cozinha, um verdadeiro caos. Battle passou então ao banheiro, que era o cômodo mais próximo das escadas. Williams apontou para a comprida prateleira sobre a pia, onde se viam escovas de dentes, pomadas, sais, creme de cabelo e um pacote de favas de sene.

— Nenhuma impressão digital nesse pacote ou no copo?
— Só as da própria camareira.
— Ele não precisaria pegar no copo — pontuou Leach. — Só jogar o sedativo dentro dele.

Battle desceu as escadas, seguido por Leach. A meio caminho, havia uma janela em um lugar que parecia inconveniente. Uma vara com um gancho na ponta estava encostada no canto.

— Usam para puxar a parte de cima da janela — explicou Leach. — Mas há uma trava de segurança. A janela só abre até certo ponto e é muito estreito para que alguém consiga entrar.

— Eu não estava pensando que alguém poderia entrar — disse Battle. Seu olhar era pensativo.

Ele foi até o primeiro quarto do andar de baixo, que era o de Audrey Strange. Estava organizado e arejado, com escovas de marfim na penteadeira, sem nenhuma roupa espalhada. Battle olhou dentro do armário. Dois casacos, saias, um par de vestidos de noite, ou um outro vestido de verão. Alguns vestidos eram novos e baratos; outros eram feitos sob medida e caros, mas antigos.

Battle assentiu. Ficou em frente à mesa por um minuto ou dois, mexendo com as canetas ao lado do mata-borrão.

— Não havia nada de interessante no mata-borrão nem no cesto de lixo — afirmou Williams.

— A sua palavra basta — disse Battle. — Não há nada para ver aqui.

Foram até os outros quartos.

O de Thomas Royde era bagunçado, com roupas pelo chão. Cachimbos e cinzas nas mesas e ao lado da cama, onde estava aberto um exemplar de *Kim*, de Kipling.

— Está acostumado a ter criados para organizar tudo por ele — disse Battle. — Gosta de reler os velhos favoritos. Um tipo conservador.

O quarto de Mary Aldin era pequeno, mas confortável. Battle examinou os livros de viagens nas prateleiras e as antiquadas escovas de prata. Os móveis e as cores do quarto eram mais modernos do que o resto da casa.

— Não é muito conservadora — disse Battle. — Não tem fotografias, não é alguém que vive no passado.

Havia três ou quatro quartos vazios, todos bem-cuidados e prontos para serem ocupados, e dois banheiros. Depois, vinha o grande quarto de casal de Lady Tressilian. Finalmente, os dois quartos e um banheiro ocupados pelo casal Strange.

Battle não perdeu muito tempo com o quarto de Nevile. Olhou pela janela, embaixo da qual as pedras desciam até o mar. A vista era para o oeste, na direção do penhasco de Stark Head, que se erguia selvagem e perigoso acima da água.

— Pega o sol da tarde. Mas é triste pela manhã. Cheiro desagradável de algas na maré baixa. E aquelas pedras têm uma aparência sinistra. Não é de admirar que atraia suicidas!

Passou para o quarto maior, cuja porta tinha sido destrancada.

Nesse, a confusão era total. Roupas amontoadas em pilhas, roupas de baixo delicadas, meias-calças, jaquetas descartadas, um vestido de verão jogado por cima da cadeira. Battle olhou dentro do armário. Estava cheio de casacos de pele, vestidos de noite, shorts, saias de jogar tênis, roupas esportivas.

Battle fechou a porta quase com reverência.

— Tem bom gosto — comentou. — Deve custar bem caro ao marido.

— Talvez por isso... — disse Leach.

Deixou a frase inacabada.

— Por isso ele precisava de cem mil, ou melhor, cinquenta mil libras? Talvez. Vejamos o que ele diz a respeito.

Foram até a biblioteca. Williams foi enviado para dizer aos criados que podiam retomar o trabalho doméstico. A família estava livre para voltar aos quartos, se quisessem. Foram todos informados do fato de que o Inspetor Leach gostaria de entrevistá-los separadamente, começando por Mr. Nevile Strange.

Depois que Williams saiu da sala, Battle e Leach instalaram-se atrás de uma enorme mesa vitoriana. Um jovem policial ficou no canto da sala com um caderno de anotações e um lápis na mão.

— Você começa, Jim — disse Battle. — Impressione.

Enquanto o outro concordava com a cabeça, Battle coçou o queixo e franziu a testa.

— Eu queria saber por que estou pensando em Hercule Poirot.

— Fala daquele sujeito belga... um baixinho engraçado?

— Engraçado coisa nenhuma. Tão perigoso quanto uma cobra ou um leopardo, é isso que ele é, mesmo quando se faz de bobo. Queria que ele estivesse aqui... Este tipo de coisa é bem o estilo dele.

— Como assim?

— Psicologia — disse Battle. — Psicologia de verdade, não as bobagens propagadas por quem não sabe do que está falando.

Sua memória se voltou, ressentida, para Miss Amphrey e sua filha Sylvia.

— Psicologia de verdade, para entender o que faz funcionar nossas engrenagens. "Mantenha o assassino falando", é o que ele diz. Ele acha que todo mundo acaba sendo sincero, cedo ou tarde, porque é mais fácil do que ficar inventando mentiras. Assim, cometem algum pequeno deslize que acham que ninguém vai notar... e é aí que os pegamos.

— Ou seja, daremos bastante corda para Nevile Strange se enforcar?

Battle concordou, distraído. Depois acrescentou, um pouco perplexo:

— Mas o que realmente está me deixando inquieto é: por que estou com Hercule Poirot na cabeça? No andar de cima... foi lá que começou. O que foi que eu vi que me fez lembrar daquele sujeitinho?

A conversa foi interrompida pela chegada de Nevile Strange.

Ele estava pálido e parecia preocupado, mas bem menos nervoso do que estivera na hora do café da manhã. Battle olhou para ele com atenção. Era incrível que um homem que sabia — e ele devia saber se tivesse a mínima capacidade de raciocínio —, ter deixado impressões digitais na arma do crime e que tivera suas digitais colhidas pela polícia, não demonstrasse intenso nervosismo nem se lançasse em uma elaborada defesa.

Nevile Strange se comportava de forma bastante natural, em choque, preocupado, triste, e demonstrava uma apreensão leve e saudável.

Jim Leach estava falando, com seu agradável sotaque do oeste.

— Gostaríamos que respondesse a algumas perguntas, Mr. Strange, a respeito de sua movimentação na noite passada e em conexão com certos fatos. Ao mesmo tempo, devo adverti-lo de que não é obrigado a responder essas perguntas se não quiser, e que se preferir pode requisitar a presença de um advogado.

Ele inclinou-se para a frente para observar o efeito dessas palavras.

Nevile Strange pareceu perplexo.

"Ou ele não faz ideia do que está acontecendo, ou é um ótimo ator", pensou Leach. Ao ver que Nevile não respondia, ele perguntou:

— E então, Mr. Strange?

— É claro, pode perguntar o que quiser — respondeu Nevile.

— O senhor entende — disse Battle com um tom agradável — que tudo o que disser será registrado e poderá ser usado como prova num julgamento?

Uma onda de raiva passou pelo rosto de Strange.

— Estão me ameaçando? — perguntou ele, ríspido.

— Não, não, Mr. Strange. Apenas alertando.

Nevile deu de ombros.

— Imagino que faça parte da sua rotina. Prossigam.

— Está pronto para dar seu depoimento?

— Se quiserem chamar assim.

— Pode nos dizer exatamente o que fez na noite passada? Depois do jantar, digamos?

— É claro. Depois do jantar, fomos até a sala de estar e bebemos café. Ouvimos o noticiário no rádio. Então eu decidi ir até o Hotel Easterhead Bay e procurar um sujeito que está hospedado lá, um amigo meu.

— Qual o nome do seu amigo?

— Latimer. Edward Latimer.

— É um amigo íntimo?

— Mais ou menos. Temos nos visto com frequência enquanto ele está por aqui. Veio almoçar e jantar conosco, e nós estivemos lá.

— Não era tarde para ir ao Easterhead Bay? — questionou Battle.

— É um lugar animado, fica aberto até tarde.

— Mas nesta casa dormem cedo, não?

— De maneira geral, sim. Mas eu levei a chave, ninguém precisou ficar me esperando.

— Sua esposa não quis ir com o senhor?

Houve uma pequena mudança, um endurecimento no tom de Nevile quando disse:

— Não, ela estava com dor de cabeça. Já tinha ido para a cama.

— Por favor, continue, Mr. Strange.

— Eu estava indo me trocar...

Leach o interrompeu.

— Perdão, Mr. Strange. Como assim, se trocar? Ia colocar um terno ou tirar o terno?

— Nada disso. Eu estava usando um terno azul, o melhor que tenho, e como estava chovendo e eu pretendia pegar a barca e caminhar do outro lado... dá cerca de meia milha, como sabem... eu vesti um terno mais velho, um cinza risca de giz, já que querem saber todos os detalhes.

— Gostamos de deixar tudo muito claro — disse Leach, humilde. — Por favor, continue.

— Eu estava subindo as escadas, como dizia, quando Barrett veio e me disse que Lady Tressilian queria me ver, então fui até lá e... conversei um pouco com ela.

Battle falou com gentileza:

— Foi a última pessoa a vê-la com vida, Mr. Strange?

Nevile ficou vermelho.

— Sim... imagino que sim. Ela estava muito bem.

— Por quanto tempo ficou no quarto dela?

— Entre vinte e trinta minutos, acredito, depois fui até meu quarto, troquei de terno e saí, levando a chave.

— A que horas foi isso?

— Em torno das 22h30, acho. Apressei-me a descer o morro, peguei a barca que já estava saindo e atravessei para o lado do Easterhead. Encontrei Latimer no hotel, tomamos uns drinques e jogamos bilhar. O tempo passou tão rápido que perdi a barca de volta, que sai à 1h30. Latimer muito gentilmente pegou o carro e me trouxe. Isso, como sabem, significa dar toda a volta e passar por Saltington, ou seja, dezesseis milhas. Saímos do hotel às duas da manhã e chegamos aqui meia hora depois, eu diria. Agradeci a Ted Latimer e convidei-o para mais uma bebida, mas ele disse que precisava voltar, então entrei e fui direto para a cama. Não vi nem ouvi nada de estranho. A casa estava em paz, com todos dormindo. Então, pela manhã ouvi uma moça gritar e...

Leach o interrompeu.

— Certo, certo. Voltemos um pouco... para sua conversa com Lady Tressilian... Ela se comportou como sempre?

— Ah, sim, sem dúvida.

— Sobre o que conversaram?

— Sobre isso e aquilo.

— Amigavelmente?

Nevile ficou vermelho.

— É claro.

— Vocês não teriam tido — perguntou Leach, com suavidade — uma discussão violenta?

Nevile não respondeu, a princípio.

— É melhor contar a verdade, sabe — alertou Leach. — Para ser sincero, parte de sua conversa foi ouvida.

— Tivemos um desentendimento. Não foi nada de mais — disse Nevile, conciso.

— Qual o assunto do desentendimento?

Nevile se esforçou para manter a calma. Sorriu.

— Sinceramente, ela me irritou. Isso costumava acontecer. Quando não concordava com alguém, dizia isso com muita firmeza. Era antiquada, entendem, e costumava reprovar a modernidade e as formas de pensar mais modernas, com relação ao divórcio, por exemplo. Tivemos uma discussão, e a conversa pode ter esquentado um pouco, mas nos despedimos sem ressentimentos, concordando em discordar.

Depois, acrescentou:

— Eu com certeza não esmaguei a cabeça dela porque fiquei irritado, se é o que estão pensando!

Leach olhou para Battle, que se inclinou sobre a mesa e disse:

— Reconheceu aquele taco como sendo seu, esta manhã. Tem alguma explicação para o fato de suas impressões digitais terem sido encontradas nele?

Nevile os encarou e disse, ríspido:

— Eu... Ora, mas é claro que... o taco sendo meu... eu o uso muito.

— Alguma explicação, quero dizer, para o fato de as digitais indicarem que o senhor *foi a última pessoa a usá-lo?*

Nevile ficou imóvel. Seu rosto tinha ficado sem cor.

— Isso não é verdade — disse ele, afinal. — Não pode ser. Alguém deve ter usado depois de mim. Alguém com luvas.

— Não, Mr. Strange. Ninguém poderia ter usado o taco *dessa maneira...* para acertar um golpe... sem borrar as suas digitais.

Houve uma pausa. Uma longa pausa.

— Ah, meu Deus — disse Nevile, estremecendo.

Ele colocou as mãos sobre os olhos. Os dois policiais o observavam.

Ele tirou as mãos e se ajeitou.

— Não é verdade — disse, em voz baixa. — Simplesmente não é verdade. Vocês acham que eu a matei, mas eu não fiz isso. Juro que não fiz. Deve haver algum engano.

— Não tem nenhuma explicação para essas digitais?

— Como eu poderia ter? Estou atordoado.

— Tem alguma explicação para o fato de os punhos e as mangas de seu terno azul-marinho estarem manchados de sangue?

— Sangue? Não pode ser! — disse ele, em um sussurro cheio de horror.

— O senhor não se cortou...?

— Não, claro que não!

Eles esperaram.

Nevile Strange, com a testa toda vincada, parecia estar pensando. Olhou para eles com os olhos aterrorizados.

— Isso é inacreditável! — disse ele. — Simplesmente inacreditável. Nada disso é verdade.

— Os fatos são bem verdadeiros — disse o Superintendente Battle.

— Mas por que eu faria isso? É impensável, impossível! Convivi com Camilla minha vida toda.

Leach tossiu.

— O senhor nos contou, Mr. Strange, que herdará uma grande quantia com a morte de Lady Tressilian.

— Vocês acham que isso é motivo... eu não quero esse dinheiro! Não *preciso* dele!

— Isso é o que o senhor *diz*, Mr. Strange — disse Leach, com um leve pigarreio.

Nevile se levantou.

— Eis aí algo que *posso* provar: que não preciso de dinheiro. Deixe-me telefonar para meu gerente, você mesmo pode falar com ele.

A ligação foi feita. Em pouco minutos estavam falando com Londres. Nevile disse:

— É você, Ronaldson? Aqui é Nevile Strange falando. Você conhece minha voz. Ouça, pode dar à polícia... estão bem aqui... todas as informações que eles quiserem sobre meus negócios... sim... sim, por favor.

Leach pegou o telefone. Falou em voz baixa. Levou algum tempo, entre perguntas e respostas. Finalmente, desligou.

— E então? — perguntou Nevile, ansioso.

Leach disse, impassível:

— O senhor tem um saldo substancial. O banco controla todos os seus investimentos e afirma que estão em situação favorável.

— Então você vê que estou dizendo a verdade!

— Parece que sim. Entretanto, Mr. Strange, o senhor pode ter feito compromissos, assumido dívidas... pode estar sendo chantageado... pode ter outras razões para precisar de dinheiro.

— Mas eu não tenho! Juro que não tenho. Não encontrarão nada desse tipo.

O Superintendente Battle falou em um tom de voz paternal:

— Temos provas suficientes, e tenho certeza de que concordará com isso, Mr. Strange, para pedir sua prisão. Não fizemos isso, *ainda*. Estamos lhe dando o benefício da dúvida, entende?

Nevile respondeu, com amargura:

— O que querem dizer é que já decidiram que eu sou o culpado, mas precisam encontrar um motivo, para terem um caso perfeito contra mim.

Battle ficou em silêncio. Leach olhou para o teto.

Nevile ficou desesperado.

— É um pesadelo. Não há nada que eu possa dizer ou fazer. É como... como cair numa armadilha e não conseguir sair.

O Superintendente Battle ajeitou-se na cadeira. Um olhar inteligente estampava seu rosto.

— Muito bem colocado — disse ele. — Bem colocado mesmo. Até me deu uma ideia...

O Detetive Sargento Jones levou Nevile até o hall e trouxe Kay por outro caminho, para que marido e mulher não se cruzassem.

— Mas ele se encontrará com os outros — comentou Leach.

— Tudo bem — disse Battle. — É só com a jovem que preciso falar enquanto ela ainda não sabe de nada.

O dia estava nublado e com um vento cortante. Kay estava vestida com uma saia de lã e um suéter roxo, sobre o qual seu cabelo parecia um vaso de cobre polido. A jovem transmitia ao mesmo tempo medo e empolgação. Sua beleza e vitalidade resplandeciam contra o fundo escuro de livros e poltronas vitorianas.

Leach a conduziu ao longo de um relato da noite anterior.

Ela tivera uma dor de cabeça e se recolhera cedo, deviam ser umas 21h45. Dormira profundamente e não ouvira nada até a manhã, quando acordara com alguém gritando.

Battle assumiu o interrogatório.

— Seu marido não foi ver como a senhora estava antes de sair de casa?

— Não.

— Então não o viu depois que deixou a sala de estar, até a manhã seguinte, é isso?

Kay assentiu.

Battle coçou o queixo.

— Mrs. Strange, a porta entre o seu quarto e o do seu marido estava trancada. Quem a trancou?

— Fui eu.

Battle não respondeu... mas esperou... esperou como um gato espera um camundongo sair da toca.

Seu silêncio fez o que perguntas talvez não fizessem. Kay irrompeu com ímpeto:

— Ah, mas vocês precisam saber de tudo! Aquela múmia do Hurstall nos ouviu antes do chá e vai abrir a boca de qualquer maneira. Aposto que até já contou. Nevile e eu tivemos uma discussão... uma discussão bem acalorada! Eu estava furiosa! Quando fui para a cama, tranquei a porta porque ainda estava com muita raiva dele!

— Entendo — disse Battle, com muita simpatia. — E o que causou isso tudo?

— Faz diferença? Ah, não me importo em dizer. Nevile se comportou como um perfeito idiota, mas é tudo culpa daquela mulher.

— Que mulher?

— A primeira esposa dele. Foi ela que o convenceu a vir aqui, para começo de conversa.

— Quer dizer... para encontrar com vocês?

— Isso mesmo. Nevile acha que foi ideia dele, que inocente. Não foi. Ele nunca pensou em uma coisa dessas até encontrá-la no parque certo dia, quando colocou a ideia na cabeça dele e o fez acreditar que tinha chegado nisso sozinho. Ele realmente acha que teve a ideia, mas eu percebi o toque delicado de Audrey por trás de tudo desde o começo.

— Por que ela faria isso? — perguntou Battle.

— Porque quer reconquistá-lo — respondeu Kay, falava rápido, ofegante. — Ela nunca o perdoou por ficar comigo. Essa é sua vingança. Audrey o convenceu a armar esta situação, com todos reunidos aqui, para que pudesse persuadi-lo. Está dedicada a isso desde que chegamos. Ela é esperta, sabiam? Sabe se fingir de frágil e delicada... e sabe jogar com outros homens, também. Arranjou para que Thomas Royde, um cachorrinho fiel que sempre lhe foi devotado, estivesse aqui ao mesmo tempo e deixou Nevile maluco fingindo que se casaria com o outro homem.

Ela parou, respirando com irritação.

Battle disse, calmamente:

— Eu imaginaria que Nevile teria ficado contente em vê-la... encontrar a felicidade com um velho amigo.

— Contente? Ficou num ciúme infernal!

— Então deve gostar muito dela.

— Ah, ele gosta — disse Kay, com amargura. — *Ela* se assegurou disso.

Battle passou o dedo pelo maxilar, com ar indeciso.

— A senhora não poderia ter se oposto à programação dessa visita? — sugeriu ele.

— Como poderia? Daria impressão de que eu estava com ciúme!

— Mas estava mesmo, não estava?

Ela enrubesceu.

— Sempre! Sempre tive ciúme de Audrey. Desde o começo. Eu sentia a presença dela na casa. Era como se fosse a casa *dela*, não minha. Troquei as cores, renovei tudo, mas não adiantou! Eu ainda a sentia, como um fantasma assombrando tudo. Sabia que Nevile sofria por achar que a tratara mal. Ele nunca chegou a esquecê-la... Ela sempre esteve lá... um sentimento de culpa em seu íntimo. Algumas pessoas são assim, parecem sem graça e desinteressantes, mas conseguem se fazer *sentir*.

Battle concordou, pensativo. Depois, disse:

— Obrigado, Mrs. Strange. É isso, por ora. Temos que fazer muitas perguntas... especialmente considerando que seu marido herdará muito dinheiro de Lady Tressilian... cinquenta mil libras...

— Tanto assim? Por causa do testamento do velho Sir Matthew Tressilian, quer dizer?

— Está a par de tudo?

— Ah, sim. Ele deixou tudo para ser dividido entre Nevile e a esposa depois da morte de Lady Tressilian. Não que eu esteja feliz com a morte da velhinha. Não estou. Eu não gostava muito dela, provavelmente porque ela não gostava de mim, mas é horrível imaginar um ladrão entrando aqui e quebrando a cabeça dela.

Foi a última coisa que ela disse, e depois saiu. Battle olhou para Leach.

— O que achou? Muito bonita, eu diria. Um homem poderia facilmente perder a cabeça por causa dela.

Leach concordou.

— Não me parece ter muito berço, no entanto — disse ele, em dúvida.

— Hoje em dia, elas já não têm — apontou Battle. — Vamos falar com a esposa n. 1? Não, acho que falaremos com

Miss Aldin a seguir e veremos a opinião dela sobre esse complicado matrimônio.

Mary Aldin entrou e se sentou, com muita compostura. Por trás daquela calma, seus olhos demonstravam preocupação.

Ela respondeu às perguntas de Leach com bastante clareza, confirmando o relato de Nevile sobre a fatídica noite. Ela subira para o quarto em torno das 22h.

— Mr. Strange estava então com Lady Tressilian?
— Sim, pude ouvi-los conversando.
— Conversando, Miss Aldin, ou discutindo?

Ela ficou vermelha, mas respondeu:

— Lady Tressilian gostava de discutir, entendem? Ela costumava soar mordaz, mesmo não sendo assim de verdade. Além disso, tendia a ser um pouco autoritária e dominadora, e um homem não tem a mesma paciência com isso que as mulheres.

"Como a senhora deve ter", pensou Battle. Ele ficou olhando para o rosto inteligente da mulher.

Foi ela quem quebrou o silêncio.

— Não quero parecer estúpida... mas me parece incrível... totalmente inacreditável, que possam suspeitar de alguém aqui dentro. Por que não poderia ter sido uma pessoa de fora?

— Por muitas razões, Miss Aldin. Por exemplo, nada foi levado e nenhuma entrada foi arrombada. Não preciso lembrá-la de como é a geografia em torno da casa, mas leve isso em conta. A oeste há um tremendo penhasco até o mar, ao sul uns terraços e depois um muro e um declive para o mar, a leste está o jardim, que vai quase até a praia, mas é cercado por um muro alto. As únicas saídas são uma pequena porta que dá para a estrada, mas que estava trancada por dentro, como sempre fica, e a porta principal da casa. Não digo que ninguém poderia escalar o muro, nem que ninguém poderia ter feito uma cópia da chave da porta da frente, ou mesmo usado alguma chave mestra, mas afirmo que, até onde podemos perceber, nada disso aconteceu. Quem quer que tenha cometido esse crime sabia que Barrett tomava chá de sene toda noite e a dopou. Isso sugere alguém da casa. O taco de golfe foi tirado do armário sob a escada. *Não foi uma pessoa de fora, Miss Aldin.*

— Mas não foi Nevile! Tenho certeza de que não foi Nevile!

— Por que tem tanta certeza?

Ela levantou as mãos, aflita.

— Não é o jeito dele... só isso! Ele nunca mataria uma senhora acamada e indefesa... *Nevile!*

— Não parece provável — reconheceu Battle, razoável —, mas acho que ficaria surpresa com o que as pessoas são capazes de fazer quando têm um bom motivo. Mr. Strange talvez estivesse precisando muito de dinheiro.

— Tenho certeza de que não precisa. Ele não é dado a extravagâncias, nunca foi.

— Não, mas a esposa é.

— Kay? Sim, talvez... mas, ah, isso tudo é ridículo. Tenho certeza de que a última coisa em que Nevile andou pensando nos últimos dias é em dinheiro.

O Superintendente Battle tossiu.

— Ele tem outras preocupações, então?

— Kay já contou, imagino? Sim, a situação tem estado bem difícil. Mas isso não tem qualquer relação com essa história terrível.

— Talvez não, mas ainda assim eu gostaria de ouvir sua versão da história, Miss Aldin.

Mary falou devagar:

— Bem, como eu disse, criou-se uma situação difícil. Quem quer que tenha tido essa ideia...

Ele a interrompeu.

— Eu entendi que foi ideia de Mr. Nevile Strange.

— Ele diz que foi.

— Mas a senhorita não acredita.

— Eu... não... Não parece coisa dele. O tempo todo eu fiquei com a impressão de que essa ideia tinha sido colocada na cabeça dele por outra pessoa.

— Por Mrs. Audrey Strange, talvez?

— Difícil acreditar que Audrey faria isso.

— Então, quem mais poderia ser?

Mary levantou os ombros, impotente.

— Não sei. É... muito estranho.

— Estranho... — disse Battle, pensativo. — É o que eu acho deste caso. Ele é estranho.

— Tudo tem estado estranho. Tem pairado um sentimento... não sei descrevê-lo. Há algo no ar, algum tipo de *ameaça*.

— Estão todos tensos e nervosos?

— Sim, é isso mesmo... Todos sentimos. Até mesmo Mr. Latimer...

— Eu ia justamente mencionar Mr. Latimer. O que pode me dizer sobre ele, Miss Aldin? Quem é Mr. Latimer?

— Bem, na verdade não sei muito a respeito dele. É amigo de Kay.

— É amigo de Mrs. Strange. Eles se conhecem há muito tempo?

— Sim, ela já o conhecia antes de se casar.

— E Mr. Strange gosta dele?

— Gosta, acho.

— Não há... algum problema entre eles?

Battle falou de forma delicada, mas Mary respondeu rápido e de forma enfática:

— Certamente não!

— E Lady Tressilian gostava de Mr. Latimer?

— Não muito.

Battle percebeu o tom de indiferença em sua voz e mudou de assunto.

— A camareira, Jane Barrett, está na casa há muito tempo? Você confia nela?

— Absoluta. Ela é devotada a Lady Tressilian.

Battle se reclinou na cadeira.

— A senhorita não consideraria nem por um momento a possibilidade de que Barrett tenha atingido Lady Tressilian na cabeça e depois dopado a si mesma para evitar suspeitas?

— Mas é claro que não. Por que motivo ela faria isso?

— Vai receber uma pequena herança.

— Eu também vou.

Mary sustentou o olhar dele.

— Sim, a senhorita também. Já sabe a quantia?

— Mr. Trelawny acabou de chegar. Ele me disse.

— Não sabia, antes de hoje?

— Não. Eu sempre supus, pelo que Lady Tressilian vez ou outra deixava escapar, que ela me deixaria alguma coisa. Não tenho quase nada que seja meu, devem saber. Não conto com o bastante para viver sem procurar algum emprego. Achei que Lady Tressilian fosse me deixar pelo menos cem libras por ano, mas ela tem alguns primos, e eu nunca soube como pretendia dispor do dinheiro. Eu sempre soube, é claro, que as propriedades de Sir Matthew iriam para Nevile e Audrey.

— Então ela não sabia que quantia lhe seria deixada por Lady Tressilian — disse Leach, depois que Mary Aldin saiu. — Pelo menos, é o que ela *diz*.

— É o que ela diz — concordou Battle. — E agora vamos à primeira esposa do Barba Azul.

Audrey usava um casaco e uma saia de flanela cinza. Estava tão pálida e fantasmagórica que Battle se lembrou das palavras de Kay.

Ela respondeu às perguntas de forma simples e sem dar sinais de emoção.

Sim, fora para a cama às 22h, na mesma hora em que Miss Aldin. Não ouvira nada durante a noite.

— Perdoe a intromissão em seus assuntos pessoais — disse Battle —, mas poderia explicar como se deu sua vinda até esta casa?

— Sempre visito nesta época. Este ano meu... ex-marido quis vir ao mesmo tempo e perguntou se eu me importaria.

— Foi uma sugestão dele?

— Ah, sim.

— Não foi sua?

— Não.

— Mas a senhora concordou?

— Sim, concordei... Não achei que... que pudesse recusar.

— Por que não, Mrs. Strange?

Ela foi vaga ao responder.

— Ninguém gosta de ser descortês.

— A senhora foi a parte lesada?

— Perdão?

— Foi a senhora quem se divorciou de seu marido?

— Sim.

— E desculpe perguntar, mas... sente algum rancor em relação a ele?

— Não, nenhum.

— Tem uma personalidade bastante generosa, Mrs. Strange.

Ela não respondeu. Battle tentou o silêncio, mas Audrey não era Kay, para ser levada a falar dessa maneira. Permaneceria em silêncio sem qualquer sinal de desconforto. Battle reconheceu a derrota.

— Tem certeza de que este encontro não foi ideia sua?

— Certeza absoluta.

— Tem uma relação amigável com a atual Mrs. Strange?

— Não creio que ela goste muito de mim.

— Gosta dela?

— Sim, acho que ela é muito bonita.

— Bem, obrigado, isso é tudo.

Ela se levantou e foi na direção da porta, mas hesitou e deu meia-volta.

— Gostaria de dizer... — começou a mulher, rápido e com nervosismo. — Vocês acreditam que Nevile é culpado, que ele a matou por causa do dinheiro. Eu tenho certeza de que não é verdade. Nevile nunca se importou muito com dinheiro, posso afirmar isso, fui casada com ele por oito anos, entendem? Não consigo imaginá-lo matando alguém dessa forma, por esse motivo. Não... não é Nevile. Sei que minhas afirmações não têm valor como prova, mas gostaria que acreditassem em mim.

Ela se virou e saiu da sala, apressadamente.

— E o que achou *dela*? — perguntou Leach. — Nunca vi ninguém tão... destituído de emoções.

— Ela não demonstra nenhuma — disse Battle. — Mas estão lá. Emoções bastante intensas. Só não sei quais são...

Thomas Royde entrou por último. Sentou-se, solene e rígido, piscando como uma coruja.

Tinha vindo da Malásia, pela primeira vez em oito anos. Costumava ficar na Bico da Gaivota desde que era criança. Mrs. Audrey Strange era uma prima distante e fora criada por sua família desde os 9 anos. Na noite anterior, tinha ido para a cama pouco antes das 23h. Sim, ouvira Mr. Nevile Strange sair da casa, às 22h20 ou pouco depois, mas não o vira. Não tinha ouvido mais nada durante a noite. Já tinha se levantado e estava no jardim quando o corpo de Lady Tressilian foi descoberto. Sempre se levantava cedo.

Houve uma pausa.

— Miss Alden nos contou que havia uma situação de tensão na casa — começou Battle. — Percebeu isso?

— Acho que não. Não costumo notar esse tipo de coisa.

"Isso é mentira", pensou Battle. "O senhor nota muita coisa, eu acho, mais do que a maioria."

Não, Royde não achava que Nevile Strange estivesse precisando de dinheiro. Certamente não era o que parecia. Mas sabia muito pouco sobre os negócios de Mr. Strange.

— Quão bem conhecia a segunda Mrs. Strange?

— Encontrei-a pela primeira vez aqui.

Battle jogou sua última carta.

— Talvez saiba, Mr. Royde, que encontramos as digitais de Mr. Nevile na arma do crime. E encontramos sangue na manga do terno que ele usou na noite passada.

Esperou. Royde assentiu.

— Ele nos contou — murmurou Royde.

— Pergunto-lhe francamente: *acha que foi ele*?

Thomas Royde nunca gostou de se sentir pressionado. Deixou passar um minuto, que é bastante tempo, antes de responder:

— Não vejo por que perguntar isso a *mim*! Não é problema meu, é dos senhores. Mas eu diria que é muito improvável.

— Consegue pensar em alguém que lhe pareça mais provável?

Thomas balançou a cabeça.

— A única pessoa que eu acharia provável não pode ter sido de maneira alguma. Então, é isso.

— Quem é essa pessoa?

Mas Royde balançou a cabeça de modo ainda mais decidido.

— Jamais poderia dizer. É apenas minha opinião pessoal.

— É seu dever auxiliar a polícia.

— Devo relatar todos os fatos. Mas isso não é um fato. É somente uma ideia. E é impossível, de toda maneira.

— Não tiramos muita coisa dele — disse Leach, depois que Royde saiu.

Battle concordou.

— Não, não tiramos. Ele tem algo em mente... alguém bem específico. Gostaria de saber quem é. Este é um crime muito peculiar, Jim, meu garoto...

O telefone tocou antes que Leach pudesse responder. Ele pegou o fone e falou. Depois de alguns minutos ouvindo, disse "tudo bem" e desligou.

— O sangue na manga é humano, e do mesmo grupo sanguíneo de Lady Tressilian. Tudo aponta para Nevile Strange...

Battle tinha ido até a janela e estava olhando para fora com considerável interesse.

— Há um belo jovem lá fora — observou. — Belo e com certeza um patife. É uma pena que Mr. Latimer, acho que aquele ali é Mr. Latimer, estivesse em Easterhead Bay na noite passada. Ele é do tipo que esmagaria o crânio da própria avó se pensasse que poderia escapar e se tivesse algo a ganhar com isso.

— Mas ele não tinha nada a ganhar — disse Leach. — A morte de Lady Tressilian não o beneficia em nada.

O telefone tocou novamente.

— Mas que droga este telefone, o que será desta vez?

Leach atendeu.

— Alô. Ah, oi, doutor, é o senhor. O quê? Ela acordou? Como? *Como?*

Ele se virou para Battle.

— Tio, ouça isto.

Battle pegou o telefone e ouviu, seu rosto impassível como sempre.

— Vá buscar Nevile Strange, Jim — pediu ele a Leach.

Quando Nevile entrou, Battle estava colocando o telefone no gancho.

Nevile, pálido e cansado, encarou com ar curioso o superintendente da Scotland Yard, tentando ler as emoções por trás da máscara inexpressiva.

— Mr. Strange — disse Battle. — Sabe de alguém que o deteste?

Nevile balançou a cabeça.

— Tem certeza? Mais do que detestar, alguém que realmente o odeie até a alma?

Nevile se levantou.

— Não, claro que não. Não conheço ninguém assim.

— Pense, Mr. Strange. Alguém que o senhor tenha prejudicado de alguma maneira...

Nevile ficou vermelho.

— Há apenas uma pessoa que admito ter prejudicado, mas ela não é do tipo que guarda rancor. É minha primeira esposa, que deixei por outra mulher. Mas posso garantir que ela não me odeia. Ela... tem se mostrado uma criatura angelical.

O superintendente se inclinou para a frente, por sobre a mesa.

— Deixe-me dizer, Mr. Strange: o senhor é um homem de sorte. Não digo que eu gostasse da acusação contra o senhor... não gostava. Mas *era* uma acusação sólida! Ficaria de pé sem problemas e, a menos que o júri por acaso caísse de amores pelo senhor, *eles o teriam mandado para a forca*.

— O senhor fala — disse Nevile — como se tudo tivesse terminado.

— Terminou — disse Battle. — O senhor foi salvo, Mr. Strange, por puro acaso.

Nevile ainda olhava para ele com ar curioso.

— Depois que o senhor a deixou, na noite passada, Lady Tressilian tocou o sino, chamando a camareira.

Battle esperou enquanto Nevile absorvia aquela informação.

— *Depois*? Então Barrett a viu...

— Sim. *Sã e salva*. Barrett também viu o senhor sair da casa antes de atender o chamado da patroa.

— Mas o taco... minhas digitais...

— A vítima não foi atingida com aquele taco. O Dr. Lazenby também não achou provável, quando examinou. Eu notei isso. Ela foi morta com algum outro objeto. O taco foi colocado lá deliberadamente para jogar as suspeitas sobre

*o senhor*. Pode ter sido alguém que ouviu a discussão e o escolheu como uma vítima conveniente, ou então pode ser...
Ele fez uma pausa e repetiu a pergunta:
— Quem, aqui nesta casa, o odeia, Mr. Strange?

— Tenho uma pergunta para o senhor, doutor — disse Battle.
Estavam na casa do médico, depois de voltarem da clínica onde tiveram breve conversa com Jane Barrett. Ela estava fraca e exausta, mas fora muito clara em suas declarações.
Estava indo para a cama depois de beber seu chá, quando ouviu o sino de Lady Tressilian. Espiou o relógio e viu que eram 22h25. Colocou uma camisola e desceu as escadas. Ouviu um ruído no hall e olhou para baixo.
— Era só Mr. Nevile saindo. Estava pegando a capa de chuva no gancho.
— Que terno ele vestia?
— O cinza risca de giz. Parecia preocupado e aborrecido. Enfiou os braços no paletó como se não se importasse muito. Quando saiu, bateu a porta atrás de si. Fui até o quarto de Lady Tressilian. Ela estava um pouco confusa, não se lembrava de ter tocado o sino, ela nem sempre se lembrava, coitada. Mas eu ajeitei os travesseiros, busquei um copo d'água e a deixei confortável.
— Ela não parecia estar incomodada ou com medo de alguma coisa?
— Não, só cansada. Eu também estava, não parava de bocejar. Subi e fui direto dormir.
Essa era a história de Barrett, e era impossível duvidar da sinceridade de seu luto e de seu horror com a notícia da morte da patroa.
Os policiais voltaram para a casa de Lazenby, e foi então que Battle anunciou que tinha uma pergunta a fazer.
— Pode perguntar — disse Lazenby.
— A que horas Lady Tressilian morreu, na sua opinião?
— Eu já disse, entre 22h e meia-noite.

— Eu sei o que o senhor disse, mas não foi essa a minha pergunta. Quero saber o que acha, pessoalmente.

— De forma não oficial?

— Sim.

— Tudo bem. Meu palpite seria em torno das 23h.

— É o que eu queria que dissesse.

— Fico feliz em ajudar. Por quê?

— Sempre desconfiei que ela não tinha sido morta antes das 22h20. Veja a questão do sonífero da senhorita Barrett... ainda não teria surtido efeito. O sonífero indica que o assassinato estava planejado para acontecer bem mais tarde... durante a madrugada. Em torno da meia-noite, eu diria.

— Pode ser. Às 23h foi só um palpite.

— Mas não pode mesmo ter sido depois da meia-noite?

— Não.

— Não poderia ter sido depois das 2h30?

— Meu Deus, não.

— Bom, isso realmente elimina Mr. Strange. Vamos só verificar a movimentação dele depois que saiu da casa. Se estiver dizendo a verdade, podemos esquecê-lo e nos concentrar nos outros suspeitos.

— Outras pessoas que herdarão dinheiro? — sugeriu Leach.

— Talvez — disse Battle. — Mas, por algum motivo, acho que não. Alguém com uma cicatriz.

— Uma cicatriz?

— Uma cicatriz bem feia.

Quando saíram da casa do médico, foram até a barca, que consistia de um barco a remo operado por dois irmãos, Will e George Barnes. Os Barnes conheciam todo mundo em Saltcreek e a maioria das pessoas que vinham de Easterhead Bay. George logo disse que Mr. Strange, da Bico da Gaivota, atravessara às 22h30 da noite anterior. Não, ele não trouxera

Mr. Strange de volta. A última barca tinha saído às 1h30 de Easterhead, e Mr. Strange não estava nela.

Battle perguntou se ele conhecia Mr. Latimer.

— Latimer? Um jovem alto e bonitão? Costuma vir do hotel para a Bico da Gaivota? Sei quem é. Não o vi na noite passada. Esteve aqui hoje de manhã. Voltou na última travessia.

Eles atravessaram na barca e foram até o Hotel Easterhead Bay, onde encontraram Mr. Latimer, que chegara pouco antes. Tinha vindo do outro lado na barca anterior à deles.

Mr. Latimer estava ansioso para ajudar no que pudesse.

— Sim, Nevile esteve aqui ontem à noite. Estava meio tristonho, disse que teve uma discussão com a velha Lady. Ouvi dizer que também brigou com Kay, mas ele não me contaria nada sobre isso, é claro. Seja como for, estava deprimido e pareceu gostar da minha companhia, para variar.

— Ele não o encontrou de imediato, pelo que entendi.

— Não sei por quê — respondeu Latimer. — Eu estava sentado bem aqui, no saguão. Strange diz que deu uma olhada e não me viu, mas ou ele estava distraído, ou eu posso ter ido até o jardim por uns cinco minutos. Tento dar uma saída sempre que possível, este hotel cheira muito mal. Notei isso ontem à noite, no bar. Deve ser o encanamento. Strange também notou! Comentamos a respeito. Um cheiro de coisa podre, talvez um rato morto por baixo do piso do salão de bilhar.

— O que fizeram depois de jogar bilhar?

— Conversamos por um tempo, bebemos um pouco. Até que Nevile disse "Ah, não, perdi a barca", e eu disse que o levaria de carro. Chegamos lá umas 2h30.

— E Mr. Strange esteve com o senhor a noite toda?

— Ah, sim. Pode perguntar a qualquer um.

— Obrigado, Mr. Latimer. Temos que ser minuciosos.

— Por que está sendo tão cuidadoso a respeito de Nevile Strange? — perguntou Leach, enquanto os dois saíam.

Battle sorriu. Leach entendeu de repente.

— Ah, meu Deus, é a respeito do *outro* que você está sendo cuidadoso. É essa sua ideia.

— Ainda é cedo para ter ideias — disse Battle. — Eu só preciso saber onde exatamente estava Mr. Ted Latimer ontem à noite. Sabemos que desde as 23h15 até depois da meia-noite ele estava com Nevile Strange. Mas onde ele esteve *antes* disso, quando Strange chegou e não o encontrou?

Eles foram persistentes atrás de respostas, falando com barmans, garçons, ascensoristas. Latimer estivera no saguão entre as 21h e as 22h. Passara pelo bar às 22h15. Mas entre esse horário e 23h15 parecia ter desaparecido. Uma das arrumadeiras declarou que Mr. Latimer tinha estado "em uma das salas com Mrs. Beddoes, aquela gorducha nortista". Quando a pressionaram a respeito do horário, ela disse que achava que deviam ser mais ou menos 23h.

— Então, é isso — disse Battle, cabisbaixo. — Ele estava mesmo por aqui, só não queria chamar atenção para sua companhia acima do peso e, sem dúvida, rica. O que nos devolve aos demais: os criados, Kay Strange, Audrey Strange, Mary Aldin e Thomas Royde. *Um* deles matou a velhota, mas quem? Se encontrássemos a verdadeira arma...

Ele parou e deu um tapa na perna.

— É isso, Jim, meu garoto! Já sei o que me fez lembrar de Hercule Poirot. Vamos almoçar e voltar à Bico da Gaivota, onde lhe mostrarei uma coisa.

Mary Aldin estava inquieta. Entrava e saía da casa, colhia uma dália aqui e outra ali, voltava para a sala de estar e mudava os vasos de lugar, ao acaso.

Da biblioteca vinha um vago murmúrio de vozes. Mr. Trelawny estava lá dentro com Nevile. Kay e Audrey não estavam à vista.

Mary foi até o jardim, de novo. Lá embaixo, perto do muro, viu Thomas Royde fumando tranquilo. Foi ao encontro dele.

— Ai, ai. — Ela se sentou ao seu lado com um suspiro profundo.

— Aconteceu alguma coisa? — perguntou Thomas.

Mary riu, e sua risada tinha um leve tom histérico.

— Ninguém a não ser você diria isso. Houve um assassinato nesta casa e você pergunta: "Aconteceu alguma coisa?".

Um pouco surpreso, Thomas disse:

— Eu quis dizer algum fato novo.

— É claro que quis dizer isso. É maravilhoso encontrar alguém tão gloriosamente previsível quanto você.

— Não adianta nada ficar todo agitado e ansioso.

— Não. Você é muito sensato. Mas não sei como consegue.

— Bem, acho que sou uma pessoa de fora.

— Isso é verdade. Não sente o mesmo alívio que o resto de nós ao ver Nevile fora de suspeita.

— Fico feliz por ele, é claro.

Mary estremeceu.

— Foi por pouco. Se Camilla não tivesse puxado o cordão do sino para chamar Barrett depois que Nevile saiu...

Ela deixou a frase inacabada. Thomas terminou por ela.

— O velho Nevile teria sido condenado, sem dúvida.

Ele falou com certa satisfação mórbida, depois balançou a cabeça com um leve sorriso, ao encontrar o olhar reprovador de Mary.

— Eu não sou sem coração, mas agora que Nevile está a salvo não posso evitar a satisfação de vê-lo tomar um susto. Ele é sempre tão complacente.

— Ele não é assim, Thomas.

— Talvez não. É só o jeito dele. De qualquer modo, ele estava bem assustado esta manhã!

— Que veia cruel você tem!

— Está tudo bem agora. Sabe, Mary, até mesmo nessa situação Nevile teve uma sorte danada. Qualquer outro infeliz, com tantas evidências contra si, não teria saído ileso.

Mary estremeceu novamente.

— Não diga isso. Gosto de pensar que os inocentes são... protegidos.

— Gosta mesmo, minha querida? — A voz dele era gentil.

Mary desabafou, de repente:

— Thomas, estou tão nervosa, nervosa e assustada.

— Por quê?

— Por causa de Mr. Treves.

Thomas deixou cair o cachimbo no chão. Sua voz mudou conforme ele se abaixou para pegá-lo.

— O que tem Mr. Treves?

— Aquela noite em que ele esteve aqui... a história que ele contou... sobre um jovem assassino! Estive pensando, Thomas... Foi só uma história? Ou ele contou aquilo com um propósito?

— Você quer dizer... — falou Royde com um tom calculado — que ele pretendia afetar alguém que estava na sala?

Mary sussurrou:

— Sim.

Thomas falou calmamente:

— Também andei pensando nisso. De fato, era nisso que eu pensava agora mesmo, quando você chegou.

Mary apertou os olhos.

— Tenho tentado me lembrar... Ele contou tudo de forma tão deliberada. Praticamente forçou a história na conversa. E disse que reconheceria a pessoa em qualquer lugar, enfatizou isso. Como se já *tivesse* reconhecido alguém.

— Também pensei em todas essas coisas — disse Thomas.

— Mas por que ele faria isso? Com qual objetivo?

— Pode ter sido um tipo de aviso. Para que não tentassem nada.

— Está sugerindo que Mr. Treves sabia que Camilla ia ser assassinada?

— Não, não. Isso seria muito fantástico. Pode ter sido apenas um aviso genérico.

— O que eu quero saber é: acha que devemos contar à polícia?

A essa pergunta Thomas dedicou seu cuidadoso pensamento.

— Acho que não — disse ele, afinal. — Não creio que seja relevante. E Treves já não pode falar por si mesmo.

— Não. Porque morreu! Foi tão estranha, Thomas, a forma como ele morreu.

— Ataque cardíaco. Ele tinha o coração fraco.

— Estou falando daquela história do elevador estar avariado. *Não gostei dessa história.*

— Também não gostei — disse Thomas Royde.

O Superintendente Battle olhou em torno do quarto. A cama tinha sido feita, mas, fora isso, nada fora alterado. Estava arrumado na primeira vez em que o viram e continuava arrumado agora.

— É isso — disse o Superintendente Battle, apontando a grade de proteção da lareira. — Percebe algo estranho nessa grade?

— Precisa de uma limpeza — disse Jim Leach. — Mas está bem mantida. Não vejo nada estranho, exceto... sim, o puxador esquerdo brilha um pouco mais do que o direito.

— Foi isso que me fez pensar em Hercule Poirot. Você conhece a obsessão dele com falta de simetria... isso o deixa incomodado. Inconscientemente, devo ter pensado "o velho Poirot não iria gostar disso", e comecei a falar dele. Pegue o kit de impressões digitais, Jones, vamos dar uma olhada nesses puxadores.

Jones logo voltou com uma conclusão.

— Há digitais no puxador direito, senhor, mas não no esquerdo.

— É o esquerdo que queremos, então. As digitais que você encontrou são da faxineira, deixadas na última limpeza. Mas o esquerdo foi limpo duas vezes.

— Havia uma folha de lixa amassada neste cesto — disse Jones. — Mas eu não achei que fosse importante.

— Porque ainda não sabia o que estava procurando. Aposto com vocês que esse puxador pode ser desatarraxado... Sim, como eu pensava.

Jones mostrou o puxador que tinha retirado.

— É bem pesado — disse ele, tentando calcular o peso nas mãos.

Leach, inclinando-se para a frente, observou:

— Tem uma mancha escura no parafuso.

— É provável que seja sangue — disse Battle. — Limparam o puxador, mas não perceberam a mancha no parafuso. Aposto com você que foi com isso que quebraram o crânio daquela velha senhora. Mas ainda há mais por ser encontrado. Precisa vasculhar a casa de novo, Jones. Mas, desta vez, saberá exatamente o que está procurando.

Ele deu algumas instruções detalhadas. Depois foi até a janela e colocou a cabeça para fora.

— Tem alguma coisa amarela enroscada na hera do muro. Pode ser outra peça do quebra-cabeças. Acredito que seja.

Enquanto atravessava o hall, o Superintendente Battle foi puxado de lado por Mary Aldin.

— Posso falar com o senhor um minuto, superintendente?

— Certamente, Miss Aldin. Vamos até ali?

Ele abriu a porta da sala de jantar. A mesa do almoço acabara de ser tirada por Hurstall.

— Quero perguntar uma coisa, superintendente. Não é possível que ainda acredite, não pode acreditar... que este crime horrível foi cometido por um de nós. Deve ter sido alguém de fora! Algum maníaco!

— Não está muito errada, Miss Aldin. Maníaco é uma palavra que descreve muito bem este criminoso, se eu não estiver enganado. Mas não é alguém de fora.

Os olhos dela se arregalaram.

— Está dizendo que alguém nesta casa é... é *louco*?

— A senhorita imagina alguém espumando pela boca e virando os olhos. A loucura não é assim. Alguns dos criminosos mais perigosos e lunáticos parecem tão sãos quanto eu e você. Trata-se, normalmente, de uma obsessão. Uma ideia que se apodera da mente e acaba por distorcê-la. Pessoas simpáticas e razoáveis, que explicam como estão sendo perseguidas e espionadas... e às vezes achamos que deve mesmo ser verdade.

— Estou certa de que ninguém aqui imagina estar sendo perseguido.

— Dei apenas um exemplo. Há outras formas de insanidade. Mas acredito que o criminoso, seja quem for, está dominado por uma ideia fixa, uma ideia sobre a qual ficou pensando até que literalmente mais nada tivesse qualquer relevância.

Mary teve um arrepio.

— Há uma coisa que acho que o senhor deve saber — disse ela.

De maneira clara e concisa, contou a ele sobre a visita de Mr. Treves para o jantar e a história que ele narrara. O Superintendente Battle ficou profundamente interessado.

— Ele disse que reconheceria essa pessoa? Afinal, era homem ou mulher?

— Eu supus que a história tratasse de um menino... mas é verdade que Mr. Treves não foi específico quanto a isso... Aliás, agora me lembro... ele afirmou que preferia não dar detalhes sobre sexo ou idade.

— Afirmou isso? Parece muito significativo. E ele disse que havia uma peculiaridade física específica pela qual poderia estar certo de reconhecer essa criança em qualquer lugar?

— Sim.

— Uma cicatriz, talvez... alguém aqui tem uma cicatriz?

Ele notou uma leve hesitação antes que Mary Aldin respondesse:

— Não que eu saiba.

— Por favor, Miss Aldin. — Ele sorriu. — A senhorita *notou* alguma coisa. Não acha que eu também serei capaz de notar?

Ela balançou a cabeça.

— Eu... eu não notei nada.

Battle percebeu que a mulher estava assustada e preocupada. Suas palavras tinham obviamente sugerido uma linha de pensamento que ela achava desagradável. Ele gostaria de saber que linha era essa, mas, de acordo com sua experiência, pressioná-la naquele momento não levaria a nenhum resultado.

Levou a conversa de volta a Mr. Treves.

Mary contou a ele o desenrolar trágico daquela noite.

Battle fez algumas perguntas. Depois, disse:

— Essa é nova. Nunca tinha visto isso antes.

— Como assim?

— Nunca vi um assassinato ser cometido através do simples ato de colocar uma placa em um elevador.

Ela pareceu horrorizada.

— O senhor não acha...?

— Que foi assassinato? Mas é claro que foi! Um rápido e eficiente assassinato. Poderia não ter funcionado, é claro... mas *funcionou*.

— Só porque Mr. Treves sabia...

— Sim. Porque ele poderia direcionar nossa atenção para uma pessoa específica da casa. Sem ele, começamos no escuro. Mas agora já temos alguma luz, e a cada minuto ela brilha mais forte. Posso lhe dizer, Miss Aldin... este assassinato foi cuidadosamente planejado nos mínimos detalhes. E quero deixar bem claro que não deve dizer a ninguém o que acabou de me contar. Isso é muito importante: não conte a *ninguém*.

Mary assentiu. Ainda parecia atordoada.

O Superintendente Battle saiu da sala e retomou o que pretendia fazer quando Mary Aldin o interrompera. Era um homem metódico. Estava em busca de certa informação, e uma nova e promissora pista não o distrairia do cumprimento de suas obrigações, por mais tentadora que fosse.

Bateu à porta da biblioteca, e a voz de Nevile Strange disse "entre".

Battle foi apresentado a Mr. Trelawny, um homem alto e elegante com argutos olhos escuros.

— Desculpem-me se interrompo — disse Battle —, mas há algo que preciso entender melhor. O senhor, Mr. Strange, herdará metade das propriedades de Sir Matthew, mas quem herdará a outra metade?

Nevile ficou surpreso.

— Já lhe disse. Minha esposa.

— Sim, mas... — Battle pigarreou de forma discreta — qual esposa, Mr. Strange?

— Ah, entendo. Eu me expressei mal. O dinheiro vai para Audrey, que era minha esposa na época em que o testamento foi feito. Correto, Mr. Trelawny?

O advogado concordou.

— As instruções são perfeitamente claras. As propriedades serão divididas entre o tutelado de Sir Matthew, Nevile Henry Strange, e sua esposa, Audrey Elizabeth Strange, nascida Standish. O subsequente divórcio não faz nenhuma diferença.

— Certo — disse Battle. — Imagino que Mrs. Audrey Strange esteja ciente desses fatos?

— É claro — confirmou Mr. Trelawny.

— E a atual Mrs. Strange?

— Kay? — Nevile parecia ligeiramente surpreso. — Acho que sim. Pelo menos... nunca falei muito sobre isso com ela...

— Acredito que o senhor descobrirá — disse Battle — que ela está equivocada a respeito e pensa que o dinheiro de Lady Tressilian irá para sua *atual* esposa. Foi o que ela deu a entender esta manhã. É por esse motivo que vim até aqui verificar a situação.

— Que extraordinário — disse Nevile. — Mas imagino que isso possa mesmo ter acontecido. Ela realmente disse algumas vezes, agora me lembro, "Vamos herdar aquele dinheiro quando Camilla morrer", mas devo ter imaginado que se referia à minha parte.

— É mesmo extraordinária — concordou Battle — a quantidade de mal-entendidos que existem mesmo entre pessoas que discutem um assunto com frequência... os dois fazendo suposições diferentes e nunca percebendo a discrepância.

— Pode ser — disse Nevile, sem muito interesse. — Não importa muito neste caso, de qualquer modo. Dinheiro não nos falta. Fico feliz por Audrey. Esteve em dificuldades, e isso fará muita diferença para ela.

— Mas, ao se divorciar, ela certamente teve direito a receber uma pensão do senhor, certo? — perguntou Battle.

Nevile ficou vermelho e falou com uma voz constrangida:

— Aí entra a questão do orgulho, superintendente. Audrey sempre se recusou de forma categórica a tocar em um pêni da pensão que me propus a pagar.

— Era uma pensão bastante generosa — acrescentou Mr. Trelawny. — Mas Mrs. Audrey Strange sempre se recusou a aceitá-la.

— Muito interessante — comentou Battle, e se retirou antes que alguém pudesse pedir-lhe que continuasse o raciocínio.

Ele se encontrou com o sobrinho e disse:

— À primeira vista, há um bom motivo monetário para praticamente todos na casa. Nevile Strange e Audrey Strange receberão belos cinquenta mil cada. Kay Strange acha que receberá cinquenta mil. Mary Aldin ficará com uma renda que a exime de ter que trabalhar. Thomas Royde, devo dizer, não ganha nada. Mas podemos incluir Hurstall e até mesmo Barrett, se admitirmos que ela correria o risco de acabar se matando para evitar suspeitas. Ainda assim, se eu estiver certo, dinheiro não tem nada a ver com o caso. Se existirem assassinatos por puro ódio, este é um deles. E a menos que apareça alguém para atrapalhar, vou pegar a pessoa que fez isso.

Angus MacWhirter estava sentado no terraço do Hotel Easterhead Bay e olhava por cima do rio para o paredão de Stark Head.

Estava envolto em uma cuidadosa revisão dos próprios pensamentos e emoções.

Mal sabia dizer o que o tinha feito decidir passar seus últimos dias de lazer naquele local. Algo o atraíra para lá. Talvez o desejo de testar a si mesmo... ver se ainda restava em seu coração algum traço do velho desespero.

Mona? Pouco se importava com ela. Tinha se casado com outro homem. Passara por ela na rua outro dia sem sofrer nenhuma emoção. Ainda se lembrava da tristeza e da amargura que sentira ao ser abandonado, mas esses sentimentos tinham ficado no passado e já não existiam.

O homem fora tirado desses pensamentos pelo chacoalhar de um cachorro molhado e a consequente reclamação de sua nova amiga, Miss Diana Brinton, de 13 anos.

— Pare com isso, Don! *Pare!* Não é terrível? Ele rolou em cima de peixes ou algo assim lá na praia, dá para sentir o cheiro de longe. E os peixes estavam terrivelmente mortos, sabia?

O nariz de MacWhirter corroborou a afirmação.

— Era um tipo de buraco entre as pedras — explicou Miss Brinton. — Eu o levei até o mar e tentei lavá-lo, mas não parece ter adiantado muito.

MacWhirter concordou. Don, um terrier de pelo duro amigável e brincalhão, parecia incomodado com a tendência dos amigos de mantê-lo a uma certa distância.

— Água do mar não serve — disse MacWhirter. — Só com água quente e sabão.

— Eu sei. Mas isso não é fácil de conseguir no hotel. Não temos banheiro privativo.

Pouco depois, MacWhirter e Diana entraram discretamente pela porta lateral, puxando Don pela coleira, e o levaram escondido até o banheiro do quarto de MacWhirter, onde houve uma limpeza tão completa que MacWhirter e Diana acabaram ensopados. Don ficou triste quando tudo acabou. Aquele horrível cheiro de sabão... justo quando tinha encontrado um perfume gostoso que deixaria qualquer cachorro com inveja. Era sempre assim com os humanos... não tinham um olfato decente.

Aquele pequeno incidente melhorou o humor de MacWhirter. Ele tomou o ônibus para Saltington, onde deixara um terno para lavar.

A atendente do Limpeza 24 horas olhou para ele sem enxergá-lo.

— MacWhirter, você disse? Não está pronto.

— Tem que estar.

Tinham prometido a ele o terno para o dia anterior, e mesmo assim teriam sido 48, e não 24 horas. Uma mulher teria insistido nesses fatos. MacWhirter simplesmente fez uma careta.

— Ainda não deu tempo — disse a garota, sorrindo com indiferença.

— Besteira.

Ela parou de sorrir.

— Estou dizendo que não está pronto.

— Então vou levá-lo do jeito que estiver — disse MacWhirter.

— Ainda nem mexeram nele — avisou a garota.

— Vou levá-lo.

— Acho que podemos entregar amanhã, como um favor especial.

— Não gosto de favores especiais. Só me devolva o terno, por favor.

Com uma expressão mal-humorada, a garota foi até a sala dos fundos. Voltou com um pacote desajeitado, que colocou sobre o balcão e empurrou.

MacWhirter pegou o pacote e saiu.

Era ridículo, mas sentiu como se tivesse alcançado uma vitória. Na verdade aquilo significava somente que teria de levar o terno para ser lavado em outro lugar!

Quando voltou para o hotel, jogou o pacote sobre a cama e ficou olhando, irritado. Talvez pudesse arranjar para que fosse lavado e passado no próprio hotel. Não estava tão sujo assim... talvez nem precisasse de lavagem?

Desfez o nó do pacote e ficou ainda mais irritado. Realmente, o Limpeza 24 horas era de uma ineficiência indescritível. Aquele não era o seu terno. Não era nem sequer da mesma cor. O terno que ele deixara para lavar era azul-marinho. Impertinentes e incompetentes.

Olhou irritado para a etiqueta. Ali estava mesmo escrito MacWhirter. Seria outro MacWhirter? Ou ocorrera uma estúpida troca de etiquetas?

Observando com atenção aquela pilha de roupas amassadas, sentiu um cheiro inesperado. Ele conhecia aquele cheiro... bem desagradável... tinha a ver com um cachorro. Sim, era isso. Diana e seu cachorro. A roupa literalmente cheirava a peixe.

Ele se inclinou e examinou o terno. Havia uma região desbotada no ombro. No *ombro*...

"Mas isso é muito curioso", pensou MacWhirter.

De qualquer maneira, diria poucas e boas para aquela garota do Limpeza 24 horas. Um engano imperdoável.

---

Depois do jantar, saiu do hotel e desceu a rua na direção da barca. Estava uma noite límpida, mas fria, prenunciando o inverno. O verão tinha terminado.

MacWhirter cruzou para o lado de Saltcreek. Era a segunda vez que voltava a Stark Head. Aquele lugar o fascinava. Subiu o morro lentamente, passando pelo Hotel Balmoral Court e por uma casa na beirada do penhasco. Leu o nome pintado na porta: Bico da Gaivota. Mas é claro, a casa onde a velha senhora tinha sido assassinada. Escutara muito a respeito no hotel, a arrumadeira fizera questão de lhe explicar tudo, e os jornais davam ao caso um destaque que o aborrecia, pois MacWhirter gostava mais de ler sobre assuntos internacionais do que sobre crimes.

Continuou, descendo e passando por uma pequena praia e algumas cabanas de pesca antigas que tinham sido renovadas. Depois subiu mais uma vez, até a rua terminar e se converter em uma trilha, que levava até Stark Head.

Era macabro e assustador lá em cima. MacWhirter ficou bem na beirada, olhando para o mar. Da mesma forma que ficara naquela outra noite. Tentou recapturar um pouco das sensações que experimentara... o desespero, o ódio, o cansaço... a vontade de se livrar de tudo. Mas não havia o que recapturar. Tudo aquilo tinha desaparecido. No lugar, havia apenas uma raiva fria. Apanhado por aquela árvore, resgatado pela guarda costeira, tratado no hospital como se fosse uma criança mimada, uma série de indignidades e afrontas. Por que não o *deixavam em paz*? Preferia, preferia mil vezes, ter morrido. Ainda se sentia assim. Só que perdera o ímpeto necessário.

Como tinha sido doloroso, na época, pensar em Mona! Agora já podia pensar nela com tranquilidade. Ela sempre fora uma tola. Enganada facilmente por qualquer um que a elogiasse ou jogasse com sua autoimagem. Era bonita. Sim, muito bonita... mas sem cabeça, não era o tipo de mulher com o qual ele um dia sonhara.

Mas a beleza era assim mesmo, é claro... uma imagem vaga de mulher voando pela noite com vestes brancas flutuando atrás dela... Como a figura na proa de um navio, mas não tão sólida... nem um pouco sólida...

E então, de repente, o inacreditável aconteceu! Uma figura correndo pela noite. Em um minuto ela não estava lá, no minuto seguinte estava... uma figura branca, correndo... na direção da beirada do penhasco. Bela e desesperada, sendo levada para a destruição por Fúrias que a perseguiam! Correndo em terrível desespero... Ele conhecia aquele desespero. Sabia o que significava...

Ele saiu da sombra e a apanhou quando ela já estava prestes a cair!

— Nada disso — disse ele, com firmeza.

Foi como segurar um pássaro. Ela se debateu, lutou em silêncio e depois, também como um pássaro, quedou-se imóvel.

Ele falou, em um tom de urgência:

— Não se jogue! Nada justifica isso. *Nada*. Mesmo que esteja desesperadamente infeliz...

Ela emitiu um som. Seria, talvez, o fantasma distante de uma risada.

— Não está infeliz? — perguntou ele. — O que há, então?

Ela respondeu com duas palavras, pronunciadas em voz baixa, em um sussurro:

— *Tenho medo.*

— Medo? — Ele ficou tão espantado que a soltou e deu um passo para atrás para vê-la melhor.

Percebeu a verdade daquelas palavras. A urgência em seus passos se devia ao medo. Era o medo que deixava tolo e vazio seu rosto pequeno e inteligente. Era o medo que dilatava as pupilas de seus olhos afastados.

— Do que você tem medo? — perguntou MacWhirter, incrédulo.

A mulher respondeu tão baixo que ele mal escutou.

— *Tenho medo de ser enforcada...*

Sim, foi o que ela disse. Ele a encarou por um bom tempo. Depois, seu olhar passou dela para o penhasco.

— Então é por isso?

— Sim. Uma morte rápida em vez de... — Ela fechou os olhos e estremeceu. Continuou tremendo.

MacWhirter estava tentando usar a lógica para juntar as peças em sua cabeça.

Afinal, disse:

— Lady Tressilian? A velha senhora que foi assassinada?

Depois, falou em tom acusador:

— Você deve ser Mrs. Strange... a primeira Mrs. Strange.

Ainda tremendo, ela assentiu.

MacWhirter continuou, em voz lenta e cuidadosa, procurando se lembrar de tudo o que ouvira. Rumores tinham se incorporado aos fatos.

— Prenderam seu marido. Foi isso, não foi? Muitas provas contra ele... mas depois descobriram que as provas tinham sido forjadas por alguém...

Parou e olhou para a mulher, que já não tremia. Ela o olhava como uma dócil criança. MacWhirter achou o jeito dela intoleravelmente comovente.

— Entendo... Sim, estou entendendo... Ele a deixou por outra mulher, não é? E você o amava... Por isso...

Ele parou, depois continuou:

— Eu compreendo. Minha esposa me deixou por outro homem...

Ela abriu os braços e começou a gaguejar sem controle.

— Nã-não... nã-não é-é isso... Na-nada di-disso...

Ele a interrompeu. Sua voz era firme e controladora.

— Vá para casa. *Não precisa mais ter medo.* Ouviu? Cuidarei para que não seja enforcada.

Mary Aldin estava deitada no sofá da sala de estar. Estava com dor de cabeça e sentia o corpo todo exausto.

Os interrogatórios tinham acontecido no dia anterior e, depois de identificações formais, tinham sido interrompidos por uma semana.

O funeral de Lady Tressilian aconteceria no dia seguinte. Audrey e Kay tinham ido a Saltington de carro, para comprar roupas pretas. Ted Latimer estava com elas. Nevile e Thomas Royde tinham saído para caminhar, de modo que, com exceção dos criados, Mary estava sozinha na casa.

O Superintendente Battle e o Inspetor Leach não tinham aparecido naquele dia, e isso era um alívio. Mary sentia que a ausência deles dissipava uma sombra. Eram educados, até agradáveis, de fato, mas o questionamento incessante, o silencioso e cuidadoso exame de cada fato era o tipo de coisa que abalava os nervos. Aquele superintendente de feição impassível já devia saber de todos os incidentes, palavras e até gestos dos últimos dez dias.

Agora, sem eles, havia paz. Mary se permitiu relaxar. Esqueceria tudo, tudo. Iria só ficar deitada e descansar.

— Com licença, madame.

Era Hurstall na porta, hesitante.

— Sim, Hurstall.

— Um cavalheiro deseja vê-la. Eu o levei até o escritório.

Mary olhou para ele espantada e levemente irritada.

— De quem se trata?

— Deu o nome de Mr. MacWhirter, Miss.

— Nunca ouvi falar. Deve ser um repórter. Não deveria tê-lo deixado entrar, Hurstall.

Hurstall tossiu.

— Não creio que seja um repórter, Miss. Penso que talvez seja amigo de Mrs. Audrey.

— Ah, aí é diferente.

Penteando o cabelo, Mary atravessou o hall e entrou no pequeno escritório. Ficou um pouco surpresa quando o homem alto que estava ao lado da janela se virou. Ele não se parecia nem um pouco com um amigo de Audrey.

Entretanto, ela falou de forma amável:

— Lamento, Mrs. Strange saiu. Queria vê-la?

Ele a olhou de forma pensativa.

— A senhorita é Miss Aldin?

— Sim.

— Acredito que possa me ajudar. Preciso de um pedaço de corda.

— Corda? — perguntou Mary, espantada.

— Sim, corda. Onde acredita que poderíamos encontrar um pedaço de corda?

Mais tarde Mary considerou que tinha sido quase hipnotizada. Se aquele homem estranho tivesse oferecido qualquer explicação, ela talvez tivesse resistido. Mas Angus MacWhirter, incapaz de encontrar uma explicação plausível, decidira sabiamente prescindir de uma. Apenas declarou o que desejava. E ela logo estava, confusa, ajudando MacWhirter a encontrar um pedaço de corda.

— Que tipo de corda? — perguntou.

— Qualquer tipo — respondeu ele.

— Talvez no depósito de jardinagem...

— Vamos até lá?

Ela mostrou o caminho. Havia barbante e um pedaço de cordão, mas MacWhirter balançou a cabeça. Ele queria corda, um bom rolo de corda.

— Há o depósito no sótão... — disse ela, hesitante.

— Ah, esse deve ser o lugar certo.

Entraram na casa e subiram as escadas. Mary abriu a porta do depósito. MacWhirter ficou na soleira, olhando para dentro. Deu um curioso suspiro de contentamento.

— Ali está.

Havia um grande rolo de corda em cima de um baú, junto com iscas de pesca e algumas almofadas roídas por traças. Ele colocou a mão no braço dela e empurrou Mary com delicadeza para a frente, até que pudessem ver bem a corda:

— Gostaria que guardasse isso na memória, Miss Aldin — disse MacWhirter. — Note que tudo por aqui está coberto de poeira, mas *não há poeira sobre esta corda*. Veja.

Ela tocou a corda e comentou, surpresa:

— Parece um pouco úmida.

— Exatamente.

Ele se virou e saiu.

— Mas e a corda? Pensei que precisasse dela — afirmou Mary, confusa.

MacWhirter sorriu.

— Só queria saber onde estava, só isso. Não se importa de trancar esta porta, Miss Aldin, e levar a chave? Isso mesmo. Ficarei grato se puder entregar essa chave ao Superintendente Battle ou ao Inspetor Leach. Seria melhor que ficasse com eles.

Conforme desciam as escadas, Mary fez um esforço para se recompor.

— Realmente, eu não entendo.

MacWhirter falou com firmeza:

— Não é necessário que entenda.

Ele apertou a mão dela.

— Agradeço muito sua cooperação.

Então, saiu pela porta da frente, deixando Mary a se perguntar se não teria sonhado!

Nevile e Thomas chegaram naquele momento, e o carro chegou pouco depois. Mary se viu invejando Kay e Ted por serem capazes de mostrar alguma animação. Riam e brincavam entre si. "Afinal, por que não?", pensou. Camilla Tressilian não representava nada para Kay. Toda aquela situação trágica era demais para uma jovem tão radiante.

Tinham acabado de almoçar quando a polícia chegou. Havia certa apreensão na voz de Hurstall quando ele anunciou que o Superintendente Battle e o Inspetor Leach estavam na sala de estar.

Battle os cumprimentou com boa disposição.

— Espero não estar incomodando, mas há uma ou duas coisas que preciso saber. Esta luva, por exemplo, pertence a quem?

Ele mostrou uma pequena luva amarela de couro.

Voltou-se para Audrey.

— É sua, Mrs. Strange?

Ela balançou a cabeça.

— Não, não é minha.

— Miss Aldin?

— Não, nunca tive uma luva dessa cor.

— Posso ver? — perguntou Kay, esticando a mão. — Não.

— Por gentileza, se puderem experimentar.

Kay tentou, mas a luva era pequena.

— Miss Aldin?

Mary também tentou.

— Ficou pequena, também — disse Battle. — Acho que ficará bem em sua mão — disse ele para Audrey —, que é menor que as mãos das outras duas.

Audrey pegou a luva e colocou na mão direita.

— Ela já disse que não é dela, Battle — disse Nevile Strange, ríspido.

— Ora, pode ter cometido um engano, ou se esquecido — disse Battle.

— Talvez seja minha — supôs Audrey. — Luvas são todas tão parecidas, não são?

— Seja como for — disse Battle —, foi encontrada embaixo de sua janela, Mrs. Strange, enfiada no meio da hera, *com o par.*

Houve uma pausa. Audrey abriu a boca para falar, mas fechou de novo. Baixou o olhar perante a atenção intensa do superintendente.

Nevile deu um passo à frente.

— Olhe aqui, superintendente...

— Posso ter uma palavra com o senhor em particular, Mr. Strange? — perguntou Battle, com voz grave.

— Mas é claro. Venha até a biblioteca.

Ele foi na frente, seguido pelos dois oficiais.

Assim que a porta foi fechada, Nevile disse, áspero:

— Que história ridícula é essa de luvas embaixo da janela da minha esposa?

Battle respondeu em voz baixa.

— Mr. Strange, encontramos algumas coisas muito curiosas aqui nesta casa.

Nevile franziu a testa.

— Curiosas? O que quer dizer com isso?

— Vou lhe mostrar.

Obedecendo a um aceno de cabeça, Leach saiu da sala e voltou segurando um objeto estranho.

— Isto aqui, como pode ver — explicou Battle —, é uma bola de aço tirada de uma grade de proteção de lareira vitoriana. Uma bola de aço bem pesada. A parte de cima de uma raquete de tênis foi cortada e a bola foi atarraxada no cabo da raquete. Não pode haver dúvida de que isto foi usado para matar Lady Tressilian.

— Que horrível! — disse Nevile, estremecendo. — Mas onde encontrou esse... esse pesadelo?

— A bola tinha sido limpa e colocada de volta na grade. O assassino se esqueceu, no entanto, de limpar o parafuso. Encontramos traços de sangue ali. O cabo e a ponta da raquete tinham sido colados, usando um esparadrapo, e essa raquete falsa foi posta de volta no armário sob a escada, onde provavelmente teria permanecido sem ser notada dentre tantas outras, se não estivéssemos procurando alguma coisa desse tipo.

— Foram espertos, superintendente.

— Questão de rotina.

— Não há impressões digitais, suponho?

— A raquete, que a julgar pelo peso pertence a Mrs. Kay Strange, foi usada tanto por ela quanto pelo senhor, e as digitais de ambos foram encontradas. *Mas também há sinais inconfundíveis de que alguém a manipulou usando luvas depois de vocês*. Achamos apenas uma digital, essa sim deixada por descuido, acredito. Estava no esparadrapo que foi usado para colar a raquete. Ainda não direi de quem é essa digital. Tenho outras coisas para tratar primeiro.

Battle fez uma pausa, depois disse:

— Quero que se prepare para um choque, Mr. Strange. E, antes, quero perguntar uma coisa. Tem certeza de que foi ideia sua organizar esse reencontro aqui, que isso não lhe foi sugerido por Mrs. Audrey Strange?

— Audrey não fez nada disso, Audrey...

A porta foi aberta, e Thomas Royde entrou.

— Desculpem a intrusão, mas acredito que eu deva estar presente.

Nevile olhou para ele, constrangido.

— Dê licença, sim, meu velho? Esta é uma conversa bastante pessoal.

— Lamento, mas não me importa. Ouvi um nome lá de fora. O nome de Audrey.

— E o que diabos o nome de Audrey tem a ver com você? — perguntou Nevile, perdendo a paciência.

— Bem, e o que tem a ver com você, já que estamos perguntando? Eu ainda não disse nada definitivo a Audrey, mas vim até aqui com a intenção de pedi-la em casamento, e acho que ela sabe disso. Pretendo me casar com ela.

O Superintendente Battle tossiu. Nevile se virou para ele de súbito.

— Perdão, superintendente. Essa intromissão...

— Não importa, Mr. Strange — disse Battle. — Tenho mais uma pergunta para lhe fazer. O terno azul-marinho que usou no jantar na noite do crime tem fios de cabelo loiro no colarinho e nos ombros. Sabe como foram parar ali?

— Imagino que seja meu próprio cabelo.

— Ah, não, não são do seu cabelo. São do cabelo de uma mulher. Há também fios de cabelo ruivo na manga.

— Esses devem ser da minha esposa, Kay. Os outros, o senhor está sugerindo que sejam de Audrey. Provavelmente são mesmo. Eu enrosquei o botão do punho no cabelo dela certa noite, no terraço, se bem me lembro.

— Nesse caso — murmurou o Inspetor Leach —, o cabelo loiro estaria no punho.

— Mas que diabos estão sugerindo? — gritou Nevile.

— Há resquícios de pó cosmético, também, no colarinho — disse Battle. — Primavera Naturelle Nº1, um cosmético caro e de aroma agradável, mas não adianta me dizer que o senhor faz uso dele, Mr. Strange, porque não acreditarei. Mrs. Strange usa Orchid Sun Kiss. É Mrs. Audrey Strange que usa o Primavera Naturelle Nº1.

— O que estão sugerindo? — repetiu Nevile.

Battle inclinou-se para a frente.

— Estou sugerindo que, em alguma ocasião, *Mrs. Audrey Strange usou o paletó*. É a única explicação razoável para a presença do cabelo e do talco no local onde os encontramos. Viu a luva que mostrei agora há pouco? É mesmo a luva dela. Aquela era a mão direita, e *aqui está a esquerda*.

Ele tirou outra luva do bolso e a colocou sobre a mesa. Estava amassada e marcada por manchas escuras.

Com um toque de medo na voz, Nevile indagou:

— O que são essas manchas?

— Sangue, Mr. Strange — respondeu Battle, com firmeza.
— E o senhor pode notar que esta é a mão *esquerda*. Mrs. Audrey Strange é canhota. Foi a primeira coisa que percebi quando a vi sentada com a xícara de café na mão direita e o cigarro na esquerda, à mesa do café da manhã. As canetas sobre a mesa do quarto dela estão do lado esquerdo, tudo se encaixa. A bola de metal da grade do quarto dela, as luvas embaixo da janela, o cabelo e o pó no paletó. Lady Tressilian foi atingida na têmpora direita, mas a posição da cama impossibilita que alguém fique do outro lado. Portanto, conclui-se que atingi-la com a mão direita seria uma coisa difícil de se fazer, mas, por outro lado, seria muito natural para alguém que usa a *mão esquerda*...

Nevile deu uma risada sarcástica.

— Está sugerindo que Audrey, *Audrey*, planejou todo esse estratagema elaborado e atacou uma velha senhora que conhece há anos só para colocar as mãos em algum dinheiro?

Battle negou com a cabeça.

— Não estou sugerindo nada disso. Lamento, Mr. Strange, mas o senhor tem que entender como as coisas são. Esse crime foi direcionado, de ponta a ponta, contra *o senhor*. Desde que a deixou, Audrey Strange tem se debruçado sobre possibilidades de vingança. Parece que terminou ficando mentalmente perturbada. Talvez nunca tenha tido uma mente muito saudável. Talvez tenha pensado que matar o senhor não seria o suficiente, que seria mais satisfatório vê-lo enforcado por assassinato. Escolheu a noite em que sabia que o senhor tinha discutido com Lady Tressilian, pegou o paletó no seu quarto e o usou na hora do crime, de modo que ficasse sujo de sangue. Colocou seu taco de golfe na cena do crime, sabendo que ele continha suas impressões digitais, e espalhou sangue e fios de cabelo na extremidade. Foi ela quem lhe deu a ideia de virem aqui na mesma época. O que o salvou foram coisas com as quais ela não podia contar: Lady Tressilian tocou o sino chamando Barrett, e Barrett viu o senhor saindo da casa.

Nevile enterrou o rosto nas mãos.

— Não é verdade! Não é verdade! Audrey nunca guardou rancor de mim. Você entendeu tudo errado, ela é a criatura mais digna, mais verdadeira... sem um pingo de mal no coração.

Battle suspirou.

— Não cabe a mim ficar argumentando com o senhor, Mr. Strange. Queria apenas prepará-lo. Devo avisar Mrs. Strange e pedir que me acompanhe. Temos o mandado. O senhor deveria providenciar um advogado para ela.

— É absurdo. Um completo absurdo.

— O amor se transforma em ódio mais facilmente do que o senhor pensa, Mr. Strange.

— Estou dizendo que isso tudo é um erro grotesco.

Thomas Royde interrompeu. Sua voz era baixa e agradável.

— Pare de dizer que é absurdo, Nevile. Contenha-se. Não está vendo que a única coisa que pode ajudar Audrey neste momento é abandonar suas ideias de cavalheirismo e dizer a verdade?

— A verdade? Como assim?

— A verdade sobre Audrey e Adrian.

Royde se voltou para os policiais.

— Veja bem, superintendente, o senhor não está de posse dos fatos corretos. Nevile não abandonou Audrey. Ela é que o abandonou. Ela fugiu com meu irmão, Adrian. Mas Adrian morreu num acidente de carro. Nevile se comportou como um perfeito cavalheiro, arranjou para que se divorciassem e assumiu a culpa.

— Eu não queria o nome dela arrastado na lama — murmurou Nevile. — Não sabia que alguém tinha conhecimento do assunto.

— Adrian me escreveu logo antes — explicou Thomas. — Percebe que com isso seu motivo desapareceu, superintendente? Audrey não tem razão nenhuma para odiar Nevile. Pelo contrário, ela só lhe deve gratidão. Nevile quis lhe dar uma pensão, mas ela não aceitou. Naturalmente, quando pediu que ela viesse e conhecesse Kay, Audrey achou que não poderia negar.

— Entendeu agora? — perguntou Nevile, ansioso. — Não há motivo. Thomas está certo.

O rosto de Battle era impassível.

— Motivo é apenas um dos fatores. Posso ter me enganado a esse respeito. Mas os fatos ainda restam. E eles mostram que ela é culpada.

Nevile disse, categórico:

— Os fatos mostravam que *eu* era culpado há dois dias!

Battle ficou um pouco incomodado.

— Isso é verdade. Mas veja, Mr. Strange, em que o senhor me pede que acredite. Quer que eu acredite que há alguém aqui que odeia vocês dois... alguém que preparou, caso o plano de incriminar o senhor falhasse, um segundo plano que incrimina Audrey Strange! Consegue pensar em alguém, Mr. Strange, que odeie tanto o senhor quanto sua primeira esposa?

A cabeça de Nevile caiu novamente nas mãos.

— Quando coloca as coisas nesses termos, tudo parece tão fantástico!

— Porque *é* fantástico. Tenho que me guiar pelos fatos. Se Mrs. Strange não puder se explicar...

— E eu pude me explicar?

— Não adianta, Mr. Strange. Tenho que fazer meu trabalho.

Battle se levantou, de súbito. Ele e Leach saíram da sala primeiro. Nevile e Royde foram logo atrás. Atravessaram o hall e entraram na sala de estar, onde pararam.

Audrey Strange se levantou e andou até eles. Olhou diretamente para Battle, seus lábios abertos no que quase parecia um sorriso.

Ela falou, com voz suave:

— É a mim que o senhor quer, não é?

Battle assumiu um tom formal.

— Mrs. Strange, tenho um mandado para sua prisão, acusada do assassinato de Camilla Tressilian na última segunda-feira, 12 de setembro. Devo adverti-la de que tudo que disser poderá ser registrado e usado como evidência em seu julgamento.

Audrey deu um suspiro. Seu belo rosto estava tranquilo e puro como um camafeu.

— É quase um alívio. Estou feliz que esteja tudo terminado!

Nevile deu um passo à frente.

— Audrey, não diga nada. Não diga nada.

Ela sorriu para ele.

— Por que não, Nevile? É tudo verdade... e estou tão cansada.

Leach respirou fundo. Bem, era isso. Louca de pedra, é claro, mas a confissão pouparia muito trabalho. Ele ficou se perguntando o que sucedera com o tio. O velho parecia ter visto um fantasma, estava encarando aquela pobre criatura como se não acreditasse nos próprios olhos. "Bem, foi um caso interessante", pensou Leach, satisfeito.

E então, em um anticlímax patético, Hurstall abriu a porta da sala de estar e anunciou:

— Mr. MacWhirter.

MacWhirter entrou com passo decidido. Foi diretamente até Battle.

— É o policial encarregado do caso Tressilian? — perguntou.

— Sou.

— Então eu tenho uma declaração importante a fazer. Lamento não ter me apresentado antes, mas só agora me dei conta da importância de algo que vi na noite de segunda-feira.

Ele olhou ao redor da sala.

— Posso falar com o senhor em particular?

Battle disse a Leach:

— Fique aqui com Mrs. Strange, sim?

— Sim, senhor — respondeu Leach, em tom oficial. Depois, inclinou-se para a frente e sussurrou alguma coisa no ouvido do superintendente.

Battle se voltou para MacWhirter.

— Por aqui, por favor.

Foram até a biblioteca.

— Muito bem, do que se trata? — perguntou Battle. — Meu colega diz que já o conhece, que se viram no inverno passado.

— É verdade. Tentativa de suicídio. Faz parte da história que vim lhe contar.

— Prossiga, Mr. MacWhirter.

— Em janeiro passado, tentei me matar me atirando de Stark Head. Este ano, tive vontade de voltar até o local. Fui até lá na segunda-feira à noite e fiquei por algum tempo. Olhei para o mar, para Easterhead Bay e depois olhei para minha esquerda. Ou seja, olhei para esta casa. Podia vê-la claramente à luz do luar.

— Sim.

— Até hoje eu não tinha me dado conta de que *foi nessa noite que um assassinato foi cometido.* — Ele inclinou-se para a frente. — Vou lhe contar o que vi.

Passaram-se apenas cinco minutos até que Battle voltasse à sala de estar, mas para os que ali permaneceram pareceu muito mais.

Kay de repente perdeu o controle e gritou para Audrey:

— Eu sabia que era você, sempre soube que era você. Eu sabia que estava aprontando alguma coisa...

Mary Aldin falou depressa:

— Kay, por favor.

— Cale a boca, Kay — disse Nevile —, pelo amor de Deus.

Ted Latimer foi até Kay, que tinha começado a chorar.

— Tente se recompor — disse ele, gentilmente.

Depois disse a Nevile, com raiva:

— Você parece não entender que Kay está sob muita pressão! Por que não cuida dela um pouco, Strange?

— Está tudo bem — disse Kay.

— Se pudesse — disse Ted —, eu a levaria para longe de todos eles!

O Inspetor Leach pigarreou. Sabia que em momentos como aquele se diziam coisas insensatas. O lamentável era que tais coisas depois podiam ser lembradas do modo mais inconveniente.

Battle voltou à sala. Seu rosto, como sempre, era impassível.

— Quer arrumar suas coisas, Mrs. Strange? — perguntou Battle. — Temo que o Inspetor Leach deva acompanhá-la até lá em cima.

— Eu também vou — disse Mary Aldin.

Depois que as duas mulheres saíram da sala com o inspetor, Nevile perguntou, ansioso:

— O que aquele sujeito queria?

Battle falou devagar:

— Mr. MacWhirter me contou uma história bastante estranha.

— Essa história ajuda Audrey? Ainda está decidido a prendê-la?

— Já lhe disse, Mr. Strange, que preciso fazer meu trabalho.

Nevile se virou, a agitação desaparecendo de seu rosto.

— Suponho que seja melhor eu ligar para o Trelawny.

— Não há pressa, Mr. Strange. Antes disso, eu gostaria de conduzir certo experimento, a partir das declarações de Mr. MacWhirter. Vamos só esperar a saída de Mrs. Strange.

Audrey vinha descendo as escadas com o Inspetor Leach ao seu lado. Seu rosto ainda exibia aquela expressão calma e desligada.

Nevile foi até ela, com as mãos estendidas.

— Audrey...

O olhar sem cor da mulher recaiu sobre o ex-marido.

— Está tudo bem, Nevile — disse ela. — Eu não me importo. Não me importo com nada.

Thomas Royde estava na porta, como se pudesse impedir a saída.

Um sorriso muito leve apareceu nos lábios dela.

— Thomas Fiel — murmurou.

— Se houver alguma coisa que eu possa fazer... — gaguejou ele.

— Ninguém pode fazer nada — sentenciou Audrey.

Ela saiu, de cabeça erguida. Um carro de polícia estava esperando na frente da casa, com o Detetive Sargento Jones. Audrey e Leach entraram.

— Uma bela saída — disse Ted Latimer, apreciativo.

Nevile se virou para o jovem, furioso. O Superintendente Battle habilmente se interpôs entre eles e levantou a voz:

— Como eu disse, faremos um experimento. Mr. MacWhirter nos aguarda na barca. Nos encontraremos com ele em dez minutos. Faremos um passeio de lancha, então é melhor as senhoras se agasalharem. Em dez minutos, por favor.

Parecia um diretor de teatro dando orientações para uma trupe em cima do palco, sem se importar com as expressões intrigadas que o encaravam.

# Hora zero

Fazia frio perto da água, e Kay se aconchegou dentro do casaquinho de pele que estava vestindo.

A lancha onde estavam desceu o rio, depois fez uma curva e entrou na pequena baía que separava a Bico da Gaivota da massa imponente de Stark Head.

Umas duas vezes alguém começou a fazer perguntas, mas o Superintendente Battle levantou sua grande mão como se fosse uma placa, sugerindo que essa hora ainda não era chegada. O silêncio permaneceu sem ser quebrado, exceto pelo barulho da água.

Kay e Ted estavam próximos, olhando o rio. Nevile estava encolhido, com as pernas para fora do barco. Mary Aldin e Thomas Royde estavam sentados na proa. Todos olhavam de vez em quando para a figura alta e indiferente de MacWhirter na popa. Ele não olhava para ninguém, permanecia de costas, com os ombros caídos.

Foi só quando já estavam sob a sombra de Stark Head que Battle desligou o motor e começou a falar, com desenvoltura e em um tom que era mais reflexivo do que qualquer outra coisa.

— Este foi um caso muito estranho... um dos mais estranhos que já vi, e eu gostaria de falar um pouco sobre o tema dos assassinatos. O que vou dizer não é original, na verdade eu ouvi do jovem Mr. Daniels, conselheiro real, e não ficaria surpreso se *ele* tiver ouvido de outra pessoa... Ele costuma fazer isso!

"É o seguinte: quando lemos a notícia de um assassinato, ou uma história de ficção sobre um assassinato, normalmente tudo começa com o próprio crime. Isso é errado. O assassinato começa *muito antes*, é o ponto culminante de várias circunstâncias diferentes, todas convergindo para um dado ponto, em um dado momento. Pessoas vêm até ele de diferentes partes do globo e por motivos inesperados. Mr. Royde veio da Malásia. Mr. MacWhirter está aqui porque queria revisitar o local onde certa vez tentou cometer suicídio. O assassinato propriamente dito é o final da história. É a hora zero."

Ele fez uma pausa.

— *A hora zero é agora.*

Cinco rostos se voltaram para ele. Apenas cinco, pois MacWhirter não se virou. Cinco rostos perplexos.

Mary Aldin indagou:

— Está dizendo que a morte de Lady Tressilian foi o resultado de uma longa série de circunstâncias?

— Não, Miss Aldin, não falo da morte de Lady Tressilian. Essa morte foi apenas instrumental para o objetivo principal do assassino. A morte da qual estou falando é *o assassinato de Audrey Strange*.

Ele ouviu uma rápida tomada de fôlego. Perguntou-se se alguém teria ficado com medo, de repente...

— Este crime foi planejado muito tempo atrás, talvez até mesmo no inverno passado. Foi planejado nos mínimos detalhes. Tinha um e apenas um objetivo: que Audrey Strange fosse condenada à forca e executada.

"Foi planejado por alguém que se acha muito inteligente. Assassinos costumam ser vaidosos. Primeiro encontramos as superficiais e insatisfatórias evidências contra Nevile

Strange, nas quais não se esperava que acreditássemos. Uma vez tendo sido apresentados a um lote de evidências falsas, imaginaram que não desconfiaríamos de *uma segunda rodada do mesmo truque*. Ainda assim, se prestarmos atenção, as provas contra Audrey Strange *podem* ser falsas. A arma do crime tirada de sua lareira, as luvas escondidas na hera embaixo de sua janela, a da mão esquerda suja de sangue. A impressão digital, que seria natural no rolo de esparadrapo que ela tem no quarto. Até mesmo o golpe com a mão esquerda.

"E então a prova final foi o comportamento da própria Mrs. Strange... Acho que nenhum de vocês, exceto quem de fato *sabe*, acreditaria na inocência dela depois da forma como se comportou ao ser levada sob custódia. Praticamente confessou a culpa, não foi? Eu mesmo talvez não a considerasse inocente se não fosse por uma experiência pessoal recente... Atingiu-me como um raio quando a vi e ouvi... Uma garota que conheço fez essa mesma coisa, admitiu uma culpa que não era dela, e Audrey Strange me olhou *com o mesmo olhar daquela garota*.

"Eu tinha que fazer meu trabalho. Sabia disso. Nós, oficiais de polícia, temos que agir com base nas provas, e não no que sentimos ou pensamos. Mas posso lhes dizer que, naquele momento, eu rezei por um milagre, porque nada além de um milagre poderia ajudar aquela pobre moça. Pois eu recebi meu milagre. Na mesma hora! Mr. MacWhirter apareceu e contou sua história."

Fez uma pausa.

— Mr. MacWhirter, poderia repetir o que me disse na casa?

MacWhirter se virou. Falou em frases curtas, que demonstravam segurança justamente por sua concisão. Contou sobre seu resgate no penhasco em janeiro e sobre sua vontade de revisitar o local. Depois, continuou:

— Eu estava lá na segunda-feira à noite. Perdido em pensamentos. Devia ser mais ou menos 23h. Olhei para aquela casa que fica na beirada, Bico da Gaivota, como hoje eu sei que se chama.

Ele fez uma pausa e prosseguiu:

— Havia uma corda que ia de uma janela da casa até o mar. E eu vi um homem escalando essa corda...

Levou apenas um momento para que entendessem.

— Mas então *foi* alguém de fora, afinal! — gritou Mary Aldin. — Não foi nenhum de nós, e sim um ladrão qualquer!

— Não tão rápido — disse Battle. — Foi alguém que veio do outro lado do rio, sim, pois atravessou a nado. Mas alguém na casa deixou a corda pronta, portanto *alguém de dentro* deve ter participado.

Ele continuou, devagar:

— Conhecemos alguém que estava do outro lado do rio naquela noite, alguém que não foi visto entre 22h30 e 23h15, e que poderia estar nadando o caminho de ida e volta. Alguém que tem uma amiga do lado de cá. Certo, Mr. Latimer?

Ted deu um passo para trás e gritou:

— Eu não sei nadar! Todos aqui sabem que eu não sei nadar. Kay, diga a ele que não sei nadar.

— É claro que Ted não sabe nadar! — confirmou Kay.

— É mesmo? — perguntou Battle com um tom agradável.

Ele avançou pelo barco enquanto Ted ia na direção oposta. Então, houve uma movimentação atrapalhada e um barulho de água.

— Ora, bolas — disse o Superintendente Battle, preocupado. — Mr. Latimer caiu do barco.

Sua mão se fechou sobre o braço de Nevile quando este se preparou para pular atrás do homem.

— Não, não, Mr. Strange. Não há necessidade de se molhar. Dois dos meus homens estão à mão, pescando ali naquele bote.

Ele espiou pela lateral do barco.

— É mesmo verdade, ele não sabe nadar. Tudo bem, já o pegaram. Peço desculpas, mas só há uma maneira de se certificar de que alguém não sabe nadar, e é jogá-lo na água. O senhor entende, Mr. Strange, que eu tenho que ser cuidadoso. Primeiro, eliminei Mr. Latimer. Mr. Royde tem um braço deficiente e não conseguiria escalar uma corda.

A voz de Battle se aproximou do ronronar de um gato.

— O que nos leva *ao senhor*, não é mesmo, Mr. Strange? Um bom atleta, com experiência em escaladas, em natação e tudo o mais. Atravessou na barca das 22h30, mas ninguém testemunhou tê-lo visto no Hotel Easterhead até as 23h15, apesar de sua versão de que estivera procurando por Mr. Latimer.

Nevile livrou o braço em um puxão. Depois, jogou a cabeça para trás e deu uma risada.

— Está sugerindo que *eu* atravessei o rio a nado e escalei por uma corda...

— Que tinha deixado preparada, pendurada para fora da janela de seu quarto — disse Battle.

— Depois matei Lady Tressilian e nadei de volta? Por que eu faria algo tão fantástico? E quem plantou todas aquelas pistas contra mim? Será que *eu mesmo* as plantei?

— Exatamente — disse Battle. — E até que não foi uma má ideia.

— E por que eu iria querer matar Camilla Tressilian?

— O senhor não queria — disse Battle. — Mas desejava ver enforcada a mulher que o deixou por outro homem. Deve saber que é mentalmente perturbado. Sempre foi, desde que era criança... aliás, procurei me informar sobre aquele velho caso do arco e flecha. Qualquer um que lhe faça mal deve ser punido, e a morte não lhe parece uma punição excessiva. Mas só a morte não era o bastante para Audrey, a Audrey que amava... Ah, sim, de fato a amava, até seu amor se transformar em ódio. Queria uma morte especial para ela, uma morte lenta. Uma vez que a planejou, o fato de que envolveria matar uma senhora que tinha sido como uma mãe para o senhor não fez diferença nenhuma...

Nevile falou, e sua voz era bastante calma:

— Tudo isso é mentira. Mentira! Eu não sou louco. Eu *não* sou louco.

Battle falou com desdém:

— Ela o machucou de verdade, não foi, quando o abandonou por outro homem? Feriu sua vaidade! Ora, pensar que *ela* poderia deixar *o senhor*. Tentou proteger seu orgulho ao fingir para o mundo que o *senhor* a deixara e se casou com outra garota só para manter as impressões. Mas, enquanto isso, planejou o que fazer com Audrey. Não conseguiu pensar em nada pior do que isto: vê-la enforcada. Que boa ideia... Pena que não teve inteligência o bastante para implementá-la!

Os ombros de Nevile chacoalharam em um movimento estranho.

Battle continuou:

— Que bobagem... tudo aquilo com o taco! Aquelas pistas toscas que apontavam para o senhor! Audrey deve ter percebido o que estava acontecendo. Deve ter rido sozinha, pensando que eu não suspeitava do senhor. Vocês, assassinos, são engraçados! Tão cheios de si. Sempre se achando muito espertos e cheios de truques, quando na verdade são deploravelmente infantis...

Um grito horrível veio de Nevile.

— A ideia *era* boa. Você nunca teria adivinhado, nunca! Se não fosse a intervenção deste palhaço, deste tolo escocês intrometido... Eu pensei em cada detalhe, em cada *detalhe*! Não tive culpa pelo que deu errado. Como eu poderia imaginar que Royde sabia da verdade a respeito de Audrey e Adrian? Audrey e Adrian... Maldita Audrey... ela *será* enforcada... vocês *precisam* enforcá-la... quero que ela morra com medo... que ela morra... eu a odeio. Estou dizendo que ela precisa morrer...

Sua voz fina e chorosa acabou desaparecendo. Nevile se debruçou e começou a chorar em silêncio.

— Ah, meu Deus — disse Mary Aldin. Até seus lábios estavam pálidos.

Battle falou, com voz baixa e gentil:

— Lamento por isso, mas eu precisava levá-lo ao limite... Não tínhamos muitas provas, entende?

Nevile ainda gemia, e sua voz era como a de uma criança.

— *Eu quero vê-la enforcada, quero que seja enforcada...*

Mary Aldin estremeceu e se voltou para Thomas Royde. Ele tomou as mãos dela.

— Eu sempre tive medo — disse Audrey.

Estavam sentados no terraço, Audrey e o Superintendente Battle, que tinha retomado suas férias e visitava a Bico da Gaivota como convidado.

— Sempre com medo... sempre — repetiu Audrey.

Assentindo, Battle disse:

— Eu soube que estava aterrorizada no primeiro momento em que a vi. Tinha aquela ausência de cor característica das pessoas que estão lutando para controlar uma emoção forte. Poderia ser amor ou ódio, mas era *medo*, não era?

Ela assentiu.

— Comecei a ter medo de Nevile logo depois de nos casarmos. Mas o pior é que eu não sabia *por quê*. Comecei a achar que *eu* talvez fosse louca.

— Você não era.

— Nevile parecia tão são e normal quando nos casamos... sempre agradável e de bom humor.

— Interessante. Ele representava o papel de bom esportista, sabe? Por isso mantinha tão bem a calma durante os jogos de tênis. A encenação era mais importante para ele do que as vitórias. Mas isso o deixava sob muita pressão, é claro. Representar um papel sempre deixa. Ele foi ficando pior, por dentro.

— Por dentro — sussurrou Audrey. — Sempre *por dentro*. Nada que se pudesse ver. Só uma eventual palavra ou olhar, que me faziam achar que eu estava vendo coisas... coisas estranhas. E então, como disse, eu achava que *eu* era estranha. E fui ficando cada vez com mais medo, um tipo de medo irracional que deixa a gente *doente*! Eu disse a mim mesma que estava ficando louca, mas não podia evitar. Sentia que seria capaz de qualquer coisa para escapar! E então Adrian apareceu e disse que me amava, que seria maravilhoso se eu fosse com ele e que...

Ela hesitou.

— Sabe o que aconteceu? Fugi para me encontrar com Adrian, mas ele nunca veio... ele morreu... Senti que Nevile era responsável, de alguma maneira.

— Talvez tenha sido — disse Battle.

Audrey se virou para ele, assustada.

— O senhor acha?

— Nunca saberemos. Acidentes de carro podem ser arranjados. Mas não fique remoendo isso, Mrs. Strange. Também pode ter ocorrido de forma natural.

— Eu... eu fiquei arrasada. Voltei para a casa de campo, a casa de Adrian. Pretendíamos escrever para a mãe dele, mas como ela ainda não sabia sobre nós, achei que não deveria contar e lhe causar ainda mais dor. Nevile foi até lá quase no mesmo instante. Foi muito gentil... doce... e durante todo o tempo em que falei com ele eu estava morrendo de medo! Ele disse que ninguém precisava saber de Adrian, que eu poderia me divorciar e que ele iria se casar outra vez. Fiquei tão agradecida. Eu sabia que ele achava Kay atraente e torci para que tudo desse certo e eu finalmente superasse aquela minha estranha obsessão. Eu ainda achava que o problema era *comigo*.

"Mas não consegui me livrar daquilo. Nunca senti que tinha realmente escapado. Até que me encontrei com Nevile no parque certo dia, e ele disse que queria que eu e Kay fôssemos amigas. Sugeriu que viéssemos todos até aqui em setembro. Eu não podia recusar, podia? Depois de tudo que ele tinha feito."

— *Quer entrar na minha casa?*, disse a aranha para a mosca — comentou o Superintendente Battle.

Audrey estremeceu.

— Sim, isso mesmo.

— Ele foi esperto. — disse Battle. — Afirmou com tanta convicção que a ideia era dele que todo mundo imediatamente ficou com a impressão de que não era.

— Então eu cheguei aqui... e era como um pesadelo. Eu *sabia* que alguma coisa terrível ia acontecer... eu *sabia* que Nevile pretendia que acontecesse, que ia ser *comigo. Mas eu não sabia o que era*. Eu acho que quase perdi *mesmo* a sanidade. Estava paralisada de medo, como em um sonho em que algo vai acontecer e não conseguimos nos mover...

— Eu sempre achei — disse Battle — que gostaria de ver uma serpente hipnotizar um pássaro para que não saia voando... mas agora não tenho tanta certeza.

Audrey prosseguiu:

— Até mesmo quando Lady Tressilian foi morta, eu não entendi o que aquilo *significava*. Fiquei atônita. Nem suspeitei de Nevile. Eu sabia que ele não se importava com dinheiro, era absurdo pensar que ele a mataria para herdar cinquenta mil libras. Eu pensei muito sobre Mr. Treves e a história que ele nos contou naquele dia. Mesmo assim não fiz nenhuma conexão com Nevile. Treves mencionou uma peculiaridade física que o permitiria reconhecer a criança. Eu tenho uma cicatriz na orelha, mas não acho que os outros tenham marcas perceptíveis.

— Mary Aldin tem uma mecha branca no cabelo — comentou Battle —, Thomas Royde tem um braço deficiente que poderia não ser apenas o resultado de um terremoto. Mr. Ted Latimer tem um crânio de formato incomum. E Nevile Strange... — Ele parou.

— Não existe nada fisicamente peculiar em Nevile, certo?

— Ah, sim, existe. Seu dedo mínimo esquerdo é mais curto do que o direito. Isso é muito raro, Mrs. Strange, muito raro.

— Então era *isso*?

— Sim, era isso.

— E Nevile colocou aquela placa no elevador?

— Sim. Foi até lá e voltou enquanto Royde e Latimer bebiam com o velho Treves. Inteligente e simples... mas duvido que possamos provar *esse* assassinato.

Audrey estremeceu de novo.

— Ora, ora — disse Battle. — Está tudo acabado, minha jovem. Continue falando.

— O senhor é muito inteligente... Eu não falo tanto assim há anos!

— Não mesmo. E isso foi um problema. Quando percebeu pela primeira vez qual era o plano de Nevile?

— Não tenho certeza. A ideia me veio de uma vez só. Ele tinha sido inocentado, e isso significava que devia ter sido um de *nós*. E de repente percebi que ele me olhava... um olhar orgulhoso. E então eu *soube*! Foi aí...

Ela parou de repente.

— Foi aí o quê?

Audrey falou devagar:

— Que eu pensei que uma saída rápida seria melhor.

O Superintendente Battle balançou a cabeça.

— Nunca desista, esse é meu lema.

— Tem toda a razão. Mas o senhor não sabe o que é sentir medo por tanto tempo. O medo nos deixa paralisados... não podemos pensar... não podemos planejar... só esperamos que alguma coisa terrível aconteça. E então, quando acontece —

ela deu um breve sorriso —, o senhor não imagina o *alívio*! Chega de esperar e temer, a hora *chegou*. Vai me achar louca, imagino, se eu disser que quando veio me prender por assassinato eu não me importei nem um pouco. Nevile tinha conseguido o que queria e estava tudo acabado. Senti-me segura acompanhando o Inspetor Leach.

— Em parte, foi por isso que o fizemos — disse Battle. — Eu quis tirá-la do alcance daquele louco. Além disso, se eu queria quebrá-lo, precisava ver o choque em sua reação. Ele tinha que ver o plano dar certo, como esperado... para que depois o susto fosse ainda maior.

Audrey falou em voz baixa:

— Se ele não tivesse se descontrolado, haveria provas?

— Não muitas. Temos o relato de MacWhirter, que viu um homem escalar uma corda à luz do luar. Temos a própria corda, que corrobora esse relato, guardada no sótão e ainda um pouco úmida. Estava chovendo naquela noite, você sabe.

Ele fez uma pausa e encarou Audrey, como se esperasse que ela dissesse alguma coisa. Como ela só parecia interessada, o homem continuou:

— E temos o terno cinza risca de giz. Ele o tirou, é claro, no escuro, na margem de Easterhead Bay, e o enfiou em um buraco nas pedras. Só que ali havia uns restos de peixe, levados pela maré. Isso deixou uma marca no ombro, bem fedida. Houve uma conversa no hotel, segundo soubemos, sobre algum problema com o encanamento. O próprio Nevile deu curso a essa história. Ele colocou uma capa de chuva por cima do terno, mas o cheiro era forte. Na primeira oportunidade ele o levou à lavanderia e, como um tolo, evitou dar o próprio nome. Deu um nome qualquer, na verdade um nome que tinha visto da recepção do hotel. Foi assim que nosso amigo pôs as mãos nele e, tendo uma boa cabeça, relacionou isso com o homem que vira subindo uma corda. Você pode *pisar* em um peixe podre, mas você não encosta seu *ombro* nele, *a menos que tenha tirado a roupa para nadar à noite*, só que ninguém iria nadar em uma noite úmida de setembro. Ele montou todo o quebra-cabeça. Um homem bem esperto, Mr. MacWhirter.

— Mais do que esperto — disse Audrey.

— Sim, talvez. Gostaria de saber mais sobre ele? Posso lhe contar um pouco de sua história.

Audrey prestou atenção. Battle encontrara uma boa ouvinte.

— Devo muito a ele — disse a mulher. — E a você.

— Não me deve muito — disse o superintendente. — Se eu não fosse um idiota, teria entendido a questão do sino.

— Sino? Que sino?

— O sino no quarto de Lady Tressilian. Sempre achei que havia alguma coisa estranha a respeito desse sino. Quase entendi, quando desci a escada e vi aquela vara que usam para abrir a janela. Era esse o objetivo do sino, entende? Dar a Nevile Strange um álibi. Lady Tressilian não se lembrava de tocá-lo, e nem podia, já que *ela não o tocou*. Nevile tocou o sino pelo lado de fora do quarto, usando aquela vara para puxar os fios que correm pelo teto. Então chega Barrett, que o viu descer as escadas e sair, e encontrou Lady Tressilian sã e salva. Mas a história toda era estranha. Qual o sentido de dopar a camareira para um assassinato *que seria cometido antes da meia-noite*? Grandes chances de que ela ainda não tivesse adormecido a essa altura. Mas garante que o crime foi cometido por alguém de dentro, e dá tempo a Nevile de se fazer de suspeito, até Barrett dar seu testemunho e ele ficar tão triunfalmente isento de qualquer suspeita que ninguém vai se preocupar muito em saber a hora exata que chegou ao hotel. Sabíamos que não voltara com a barca, e nenhum outro barco fora usado. Restava a possibilidade de cruzar o rio a nado. Ele é ótimo nadador, mas mesmo assim o tempo era curto. Subiu pela corda que estava pronta no quarto, deixando bastante água pelo banheiro, como notamos (mas sem atinar com o significado, lamento dizer). Depois vestiu o terno azul, foi ao quarto de Lady Tressilian (não entremos em detalhes a esse respeito), não levaria mais do que alguns minutos, ele já tinha atarraxado a bola de aço com antecedência, depois tirou o terno, desceu pela corda e nadou de volta para Easterhead.

— E se Kay tivesse entrado no quarto?

— Ela também recebeu algum sedativo, aposto. Disseram que estava bocejando durante o jantar. Além disso, ele tratou de brigar com ela para que trancasse a porta entre os quartos e ficasse fora do caminho.

— Estou tentando me lembrar se notei que a bola estava faltando na grade da lareira. Acho que não notei. Quando ele colocou de volta?

— Na manhã seguinte, durante a comoção. Depois de voltar de carro com Ted Latimer, ele teve a noite toda para apagar seus traços e acertar detalhes, remontar a raquete de tênis etc. Aliás, ele atingiu a velha senhora com um movimento de *backhand*. Por isso pareceu que o crime fora cometido por um canhoto. O *backhand* de Strange sempre foi seu ponto forte, lembre-se!

— Chega... *chega*... — Audrey levantou as mãos. — Não aguento mais.

Ele sorriu.

— Mas lhe fez bem falar sobre isso. Mrs. Strange, posso tomar a liberdade de lhe dar um conselho?

— Sim, por favor.

— Viveu por oito anos com um criminoso lunático... isso acabaria com os nervos de qualquer mulher. *Mas é hora de superar*. Não precisa mais ter medo, e tem de convencer a si mesma disso.

Audrey sorriu para ele. Aquela expressão gélida tinha sumido de seu rosto; agora era um rosto doce, um pouco tímido, mas que demonstrava segurança, com os olhos afastados cheios de gratidão.

Com alguma hesitação, ela disse:

— O senhor falou sobre uma garota, uma garota que se comportou como eu?

Battle assentiu, lentamente.

— Minha própria filha. Então você vê, minha querida, que este milagre *tinha* que acontecer. Essas coisas são provações enviadas para nos ensinar!

Angus MacWhirter estava fazendo as malas.

Colocou três camisas, cuidadosamente, e depois o terno azul-marinho que se lembrara de pegar na lavanderia. Dois ternos deixados por dois MacWhirters diferentes tinham sido demais para a atendente.

Bateram à porta, e ele disse:

— Entre.

Era Audrey Strange.

— Vim lhe agradecer — disse ela. — Está fazendo as malas?

— Sim, vou embora hoje à noite. Parto depois de amanhã.

— Para a América do Sul?

— Para o Chile.

— Farei sua mala — disse Audrey.

Ele protestou, mas a mulher insistiu. MacWhirter olhou enquanto ela trabalhava com destreza e método.

— Pronto — disse Audrey, quando terminou.

— Faz isso muito bem — comentou MacWhirter.

Ficaram em silêncio. Então Audrey disse:

— Salvou minha vida. Se não tivesse visto o que viu...

Ela ficou sem voz. Então continuou:

— Naquela noite no penhasco, quando não deixou que eu caísse, quando me disse "Vá para casa, cuidarei para que não seja enforcada", já sabia que tinha visto algo importante?

— Na verdade, não. Tive que pensar um pouco.

— Mas então como pôde dizer o que disse?

MacWhirter sempre se sentia incomodado quando tinha de explicar a simplicidade de sua linha de raciocínio.

— Eu quis dizer exatamente isso... que cuidaria para que não fosse enforcada.

A cor voltou ao rosto de Audrey.

— E se eu fosse culpada?

— Não teria feito diferença.

— Achou que eu *fosse* culpada?

— Não me preocupei muito com isso. Tendia a acreditar que fosse inocente, mas não teria feito diferença para minhas ações.

— E então se lembrou do homem na corda?

MacWhirter ficou quieto por alguns momentos. Então pigarreou.

— Agora você já pode saber, acho. Eu não vi nenhum homem subindo por uma corda. Isso nunca poderia ter acontecido, já que eu estive em Stark Head na noite de domingo, não na de segunda-feira. Deduzi o que acontecera por causa do terno, e minha suspeita foi comprovada quando encontrei a corda úmida no sótão.

Audrey voltara a empalidecer. Falou com incredulidade:

— Sua história foi uma mentira?

— Deduções não adiantariam nada para a polícia. Eu tinha que dizer que vi acontecer.

— Mas... seria obrigado a testemunhar no julgamento.

— Sim.

— E teria feito isso?

— Teria.

Audrey chorou, sem acreditar.

— E você... você é o homem que perdeu o emprego e veio se jogar de um penhasco porque nunca contaria uma mentira!

— Tenho grande apreço pela verdade. Mas descobri que certas coisas são mais importantes.

— Tais como?

— Você — disse MacWhirter.

Audrey desviou o olhar. MacWhirter pigarreou de novo, constrangido.

— Não deve se sentir como se me devesse alguma coisa. Nunca mais ouvirá falar de mim, depois de hoje. A polícia já colheu a confissão de Strange e não vão precisar do meu testemunho. De qualquer modo, ouvi dizer que ele está tão mal que talvez nem sobreviva até o julgamento.

— Fico feliz em saber disso.

— Você já foi apaixonada por ele?

— Pelo homem que achei que ele fosse.

MacWhirter assentiu.

— Todos já nos sentimos assim, acho. — Ele continuou: — Tudo acabou bem. O Superintendente Battle aproveitou minha história e apanhou seu homem...

Audrey interrompeu:

— Ele trabalhou a partir da sua história, sim. Mas não creio que o tenha enganado. Battle fez vista grossa para sua mentira.

— Por que diz isso?

— Quando conversamos, ele comentou que era uma sorte que você tivesse visto o que viu à luz do luar, mas acrescentou, algumas frases depois, que tinha sido uma noite *chuvosa*.

MacWhirter ficou surpreso.

— É verdade. Na noite de segunda-feira eu acho que não teria sido possível enxergar nada.

— Não importa — disse Audrey. — Ele sabia que o que você alegou ter visto tinha mesmo acontecido. Mas isso explica por que ele provocou Nevile até fazê-lo confessar. Ele passou a suspeitar de Nevile assim que Thomas lhe contou sobre mim e Adrian. Ele percebeu que estava certo sobre o tipo de crime, mas tinha se concentrado na pessoa errada, e o que precisava era de alguma evidência contra Nevile. Ele precisava, como disse, de um milagre... O senhor foi a resposta às preces do Superintendente Battle.

— Que jeito curioso de colocar as coisas — disse MacWhirter, sem rodeios.

— Como pode ver, você é mesmo um milagre — disse Audrey. — Meu milagre especial.

MacWhirter falou com sinceridade:

— Não quero que se sinta como se me devesse alguma coisa. Sairei de sua vida...

— Precisa mesmo?

O homem a encarou. Ela ficou vermelha, nas orelhas e no rosto, e disse:

— Não quer me levar com você?

— Não sabe o que está dizendo!

— Sei, sim. Estou fazendo algo muito difícil... mas que é para mim uma questão de vida ou morte. Sei que há pouco tempo. Falando nisso, sou bem convencional, gostaria de me casar antes de partir!

— Mas é claro — disse MacWhirter, profundamente chocado. — Não pode imaginar que eu sugeriria algo diferente.

— Tenho certeza de que não o faria — afirmou Audrey.

— Eu não sou seu tipo. Achei que fosse se casar com aquele sujeito calado que gosta de você há tanto tempo.

— Thomas? Querido Thomas Fiel. Ele é muito verdadeiro. Permaneceu fiel à imagem de uma garota que conheceu anos atrás. Mas é de Mary Aldin que ele realmente gosta, ainda que ele mesmo não o saiba.

MacWhirter deu um passo na direção dela e falou com severidade.

— Você está falando sério?

— Sim... Quero estar com você para sempre e nunca mais deixá-lo. Se você se for, eu nunca mais encontrarei alguém como você, e ficarei solitária até o fim dos meus dias.

MacWhirter suspirou. Pegou a carteira e examinou o conteúdo com atenção.

— Uma licença especial de casamento é coisa cara — murmurou MacWhirter. — Terei que ir ao banco amanhã logo cedo.

— Eu posso lhe emprestar dinheiro — murmurou Audrey.

— Não fará nada disso. Se vou me casar com uma mulher, pagarei pela licença. Entendeu?

— Não precisa ficar tão sério — disse ela, com suavidade.

MacWhirter falou com gentileza e se aproximou:

— Da última vez que a tive nas mãos, você parecia um passarinho, lutando para se livrar. Agora nunca mais escapará...

— Nunca vou querer escapar.

# *Notas sobre* Hora zero

**A primeira versão** da história foi publicada em três seções da Collier's Weekly, sob o título *Come and Be Hanged!* [Venha e seja enforcado!, em tradução livre].

*Hora zero* **é considerada** uma das melhores histórias de Agatha Christie, e foi a última com o a participação do Superintendente Battle.

**De acordo com as notas** de Agatha Christie, a história foi escrita de forma rápida. Suas anotações eram detalhadas e parecidas com a versão publicada — ela até mesmo desenhou um mapa da costa ao redor da Bico da Gaivota.

**Em 1995,** a Polygram Filmed Entertainment adaptou o livro para o filme *Innocent Lies* que incluia problemas como incesto. A filha de Agatha Christie, Rosalind Hicks, leu o roteiro e exigiu que o nome do filme fosse mudado bem como o dos personagens.

*Hora zero* **foi adaptado** duas vezes para os teatros, em 1945 e em 1956, para o cinema italiano em 1980, para a televisão francesa em 2007, para a BBC Radio 4 em 2010 e, por fim, para a segunda temporada de *Les Petits Meurtres*, com o episódio "L'Heure zéro", em 2019.

Este livro foi impresso pela Braspor,
em 2024, para a HarperCollins Brasil.
A fonte usada no miolo é Cheltenham, corpo 9,5/13,5pt.
O papel do miolo é Pólen Bold 70g/m²,
e o da capa é couché 150g/m² e offset 150g/m².